Ullstein Krimi

Tucker Coe

Auf totem Gleis

Ein Mitch-Tobin-Roman

Übersetzt von Martin Lewitt
Mit einem Nachwort
von Frieder Middelhauve

Ullstein Krimi

Ullstein Krimi
Lektorat: Georg Schmidt
Ullstein Buch Nr. 10418
im Verlag Ullstein GmbH,
Frankfurt/M – Berlin
Titel der amerikanischen
Originalausgabe:
Kinds of Love, Kinds of Death

Neuauflage des Ullstein Krimis 1220

Umschlaggestaltung & Fotorealisation:
Welfhard Kraiker & Karin Szekessy

Printed in Germany 1986
Gesamtherstellung:
Ebner Ulm
ISBN 3 548 10418 5

Dezember 1986

CIP-Kurztitelaufnahme
der Deutschen Bibliothek

Coe, Tucker:
Auf totem Gleis: e. Mitch-Tobin-Roman /
Tucker Coe. Übers. von Martin Lewitt. –
Neuaufl. d. Ullstein-Krimis 1220. –
Frankfurt/M; Berlin: Ullstein, 1986.
(Ullstein-Buch; Nr. 10418:
Ullstein-Krimi)
Einheitssacht.: Kinds of love, kinds of
death <dt.>
ISBN 3-548-10418-5

1

Ich arbeitete an der Mauer, als Wickler auftauchte. Er kam ums Haus und rief: »He, Tobin, was machst'n da?« Er hatte kein Recht, meinen Namen so dummdreist zu gebrauchen.

Ich legte die Hacke hin, kletterte aus dem Loch und ging auf ihn zu. Ich drehte ihn um, packte ihn an Kragen und Hosenbund und beförderte ihn auf die Straße. »Da ist die Haustür«, rief ich ihm nach. »Wer was von mir will, klingelt.«

»Ach, du meine Güte«, jammerte er und zupfte seine Manschetten zurecht. »Jesus Christus!«

Ich klopfte mir die Hände ab und machte mich wieder an die Mauer.

So eine Mauer ist eine wichtige Sache, eine handfeste Sache, schon wert, daß ein Mann ihr seine ganze Zeit und Aufmerksamkeit widmet. Mich jedenfalls nahm die Mauer so in Anspruch, wie nichts anderes seit ... seit sechs Monaten ... na ja, eben seit langem.

Das war jetzt mein dritter Tag an der Mauer. Am ersten Tag hatte ich sie entworfen, mit Papier, Bleistift und Lineal. Sechzig Zentimeter dick, dreieinhalb Meter hoch. Und ganz um den Hinterhof herum, ohne Tor und Schlupfloch. In Zukunft mußte eben jeder durch die Haustür. Am zweiten Tag war ich ausgezogen und hatte das Material bestellt: Beton, Backsteine und Zement. Danach hatte ich mit Bindfaden und Pflöcken den Grundriß markiert, ganz um den Hof herum. Und nun, am dritten Tag, war es Zeit für die eigentliche Arbeit geworden.

Wenn Sie eine Mauer bauen wollen, so eine richtige Mauer, die auch Bestand haben soll, dann müssen Sie erstmal graben. Denn eine solche Mauer muß tief unten anfangen, jedenfalls unter der Frostgrenze. In unserem Klima waren nach meinen Berechnungen siebzig bis achtzig Zentimeter genug. Ich hatte die Tiefe mit Bleistift auf einer Latte markiert und prüfte von Zeit zu Zeit nach. Ich benutzte sogar eine Wasserwaage. Bei dem vielen Nachprüfen ging die Arbeit nicht allzu schnell voran, und schließlich war ich ja auch nicht mehr so in Form. Aber das machte nichts. Niemand trieb mich an.

Bis zum Auftauchen Wicklers hatte ich gut zwei Meter geschafft. Der Graben war also sechzig Zentimeter breit und achtzig tief. Als ich von Wickler zurückkam, fiel mir auf, daß mein Loch einem flachen Grab verdammt ähnlich sah. Das gefiel mir nicht, und ich griff schleunigst wieder zur Hacke. Je länger das Loch wurde, desto weniger konnte es einem Grab gleichen. Ich dachte nicht mehr an Wickler, ich dachte an gar nichts.

Ein paar Minuten später kam Kate aus der Hintertür. »Mitch, da ist jemand für dich.«

»Gleich. Bring ihn in meine Bude.«

Sie sah mir einen Augenblick stumm zu und verschwand dann wieder im Haus. Ich hatte keine Ahnung, wie sie über die Mauer dachte, und das war gut so. Frauen sollten sich ohnehin kein Urteil über die Tätigkeit ihrer Männer leisten.

Ich arbeitete jetzt mit der Schaufel und machte so lange weiter, bis auch der letzte Krümel Erde aus dem Loch war. Nun sah die Sache viel weniger nach Grab aus. Ich streifte die Handschuhe ab und warf sie neben die Schaufel. Dann ging ich ins Haus.

Kate stand in der Küche und bereitete einen Hackbraten. Sie war jetzt etwas hagerer, und um Augen und Mund zogen sich Linien, die da nichts zu suchen hatten. Aber das war meine Schuld, *ich* hatte ihr diese Linien eingegraben. Kate war fünfunddreißig, vier Jahre jünger als ich. Ob sie danach aussah, konnte ich nicht sagen. Wenn man sechzehn Jahre mit einer Frau verheiratet war, sah sie weder jung noch alt aus, sondern nur gerade richtig.

»Das Geschäft hat eben angerufen«, empfing sie mich. »Sie wollen, daß ich gleich hinkomme, bis neun.«

»Aber du hast doch diese Woche schon zwei Abende gearbeitet.«

»Wir können das Geld gebrauchen, Mitch«, meinte sie.

Ob sie an die Berge von Baumaterial im Hof dachte? Ich hatte keine Ahnung und wollte es auch nicht wissen.

Eigensinn und Bockigkeit entspringen oft einem Schuldgefühl.

Bis vor kurzem hatte es für mich so etwas nie gegeben. Ich war immer die Freimut selber gewesen, und es gab nichts, womit ich hinter dem Berg gehalten hätte. Aber jetzt wandte ich mich immer häufiger mit geballten Fäusten ab, den Bauch voller Galle. Genauso hatten sich die meisten Burschen verhalten, die ich im Laufe der Jahre verhaftet hatte. Wenn ich jetzt in den Spiegel sah, hatte ich den gleichen Blick.

»Ich stell' den Hackbraten in den Ofen, bevor ich gehe«, sagte Kate, »und leg' dir eine Notiz auf den Tisch.«

»Schon gut«, brummelte ich und stieg in den zweiten Stock hinauf.

Was ich meine Bude nannte, war das kleinste der drei Schlafzimmer oben. Das größte benutzten Kate und ich, im mittleren war Bill zu Hause. Das kleine war mein Arbeitszimmer, noch eins meiner Bastelobjekte. Vor zehn Jahren, als wir das Haus gekauft hatten, war ich darangegangen, meine Bude auszustatten. Ich hatte den Boden dick ausgelegt, die Decke mit geräuschschluckendem Material gepolstert und die Wände mit Kiefernholzfolie behaglich gemacht. Aber weiter war ich nie gekommen. Die Anbau-Bücherschränke waren nur ein Holzstapel in der Ecke, und aus der Decke ragten die elektrischen Drähte, die statt Lampen nur eine notdürftige Isolierung bekommen hatten. Aber ich war eben ein vielbeschäftigter Mann gewesen, damals. Voller Energie, zufrieden mit dem Leben. Kein Wunder, daß die weniger wichtigen Sachen manchmal liegenblieben.

Das einzige Mobiliar in meiner Bude bestand aus einem alten abgenutzten Schreibtisch und einem Stuhl. Beides hatte ich vor sieben Jahren aus dem Revier mitgebracht. Im Stuhl saß Wickler, dürr, klein, und angezogen wie ein Geck. Er rauchte eine dünne Zigarre mit Plastikmundstück.

»Aufstehen«, sagte ich.

Er wollte sich widersetzen, wahrscheinlich, weil ich kein Cop mehr war. Aber er war vernünftig genug zu merken, daß ich auf so etwas nur wartete. Ich lechzte geradezu danach, herumgestoßen zu werden, weil ich es ihnen dann geben konnte. Wickler aber zögerte nur einen Sekundenbruchteil und stand dann auf. Er ging nach links und ließ mich vorbei zu meinem Stuhl.

Ich stützte die Arme auf die Tischplatte. Überall an mir zuckten die Nerven, ich starrte mein Fäuste an. »Was wollen Sie von mir?«

»Ernie Rembeck schickt mich.« Wickler schwieg, als sei das Erklärung genug.

Aber es erklärte mir gar nichts. Mir war ohnehin klargewesen, daß Wickler sich nirgends sehen ließ, es sei denn auf Befehl Rembecks. »Warum?«

»Er hat einen Job für Sie.«

»Vorsichtig«, warnte ich ihn, »passen Sie auf, was Sie sagen.«

Er maulte; seine Stimme krächzte heiser. »Mensch, Sie sind schließlich nicht mehr bei der Polente. Da brauchen Sie sich auch nicht so zu haben.«

»So, also wollen Sie nicht vorsichtig sein.«

»Zum Teufel damit. Man hat Sie weggejagt wie einen räudigen Hund.«

Ich langte ihm eine mit dem Handrücken, nicht sehr kräftig. Aber er kippte gegen die Wand, lehnte dort und plinkerte mich an. »Während meiner ganzen Dienstzeit bei der Polizei habe ich mit Lumpen nie verhandelt. Ich war nie für eure Sorte zu haben, und ich habe nie auch nur einen roten Penny Schmiergeld genommen. Ja, sie haben mich rausgeschmissen, aber nicht wegen Unehrlichkeit. Sagen Sie Ihrem Rembeck, daß ich immer noch derselbe bin. Ich habe nie einen krummen Job übernommen, und werde es auch jetzt nicht tun.«

Er schüttelte den Kopf, wobei er sich die Wange hielt. »Sie haben das in den ganz falschen Hals bekommen, Tobin.«

»Mister Tobin!«

Er nickte. »Mister Tobin. Es ist nicht so, wie Sie denken. Ernie Rembeck will gar nicht, daß Sie irgendeine krumme Tour drehen. Er hat einen regelrechten Polizistenjob für Sie. Sie waren doch ein Cop, und zwar ein guter. Und Ernie braucht jemanden, der einen guten Polizistenjob für ihn erledigt.«

Ich schüttelte den Kopf. »Kein Interesse. Ich habe Sie nur aus einem Grund ins Haus gelassen: Weil ich nämlich eine Botschaft für Ernie Rembeck habe. Sagen Sie ihm, daß ich an keinerlei Angeboten oder Vorschlägen interessiert bin. Jeder hat das Recht, mal einen Fehler zu machen, auch Rembeck. Aber er soll es bei mir nie wieder versuchen.«

»Mister Tobin«, sagte Wickler flehentlich. »Ich schwöre Ihnen, es ist die Wahrheit! Niemand will was Illegales von Ihnen. Auch nicht die kleinste Spur illegal. Es ist wirklich ein Polizistenjob. Was rauskriegen sollen Sie, für Ernie.«

»Nichts zu machen.« Ich stand auf und öffnete die Tür.

»Woll'nse denn nicht wenigstens den Kies hören?«

»Zeit, daß Sie abhauen«, antwortete ich.

Aber er war standfester, als ich gedacht hatte. »Glatte fünf Riesen zum Aufwärmen« erklärte er. »Dazu pro Tag einen festen Satz und alle Spesen. Wenn der Job erledigt ist, 'ne Prämie.«

»Wickler«, mahnte ich, »hau ab!«

Er sah mich verzweifelt an, und ich wußte, was er dachte. Ernie Rembeck hatte ihn geschickt, mich zu holen. Und Rembeck würde nicht allzu erbaut sein, wenn er ohne mich wiederkam. Aber schließlich war ich doch die nähere Gefahr für ihn, deshalb zuckte er die Schultern und meinte resigniert: »Na schön, wie Sie wollen. Aber niemand kann behaupten, ich hätt' nicht alles versucht.«

»Sie haben alles versucht.«

Ich ließ ihn vor mir die Treppe runtergehen. Unten zog Kate gerade ihren Mantel an. »Bis heute abend«, rief sie zu mir herauf. »Ich muß mich beeilen.« Sie winkte zum Abschied und verschwand durch die Haustür.

Wickler ging mir nicht schnell genug die Treppe hinunter. Ich wollte schließlich wieder zu meiner Mauer. Auf den letzten Stufen trieb ich ihn mit ausgestrecktem Zeigefinger an. Er murrte irgend etwas; ich öffnete ihm die Haustür.

Bestimmt wäre alles glatt gegangen, wenn ich in diesem Augenblick nicht Kate gesehen hätte. Aber durch die offene Tür hatte ich sie genau im Bild. Sie hetzte über die Straße, der Mantel schlotterte ihr um die Knie. Ich trat schnell hinaus und rief ihr nach: »Kate, nimm doch den Wagen!«

»Nein, nein«, rief sie zurück. »Laufen tut mir gut.«

Ich wußte genau, was es war: Sie wollte das Benzin sparen. Der Hinterhof lag voller Ziegel und Zement, und Kate mußte sich abhetzen, um als Aushilfsverkäuferin im Supermarkt ein paar lumpige Dollar zu verdienen.

Wickler ging durch den Garten und spielte taub, wie jeder, der plötzlich Zeuge einer familiären Spannung wird. Kate lief noch schneller, um möglichst bald außer Rufweite zu sein.

Plötzlich dachte ich daran: Wenn nun ich für Kate in den Supermarkt gehen würde?

Aber das konnte ich nicht. Ebensowenig wie ich auf eine Stellenanzeige in der Sonntagszeitung antworten konnte. Allein schon der Gedanke, daß ich Auskunft über meine vorherige Tätigkeit geben mußte, trieb mir die Hitze in den Kopf. Und heutzutage kann man ja nicht einmal mehr die Straße kehren, ohne vorher große Fragebogen zu beantworten.

Schweiß kroch mir auf die Stirn, als ich Wickler nachsah, der offenbar keine Eile hatte, ohne mich seinem Herrn und Meister unter die Augen zu treten.

»Wickler«, rief ich.

Bis dahin war mir noch gar nicht aufgegangen, welche Angst der kleine Gangster vor mir hatte. Als ich seinen Namen rief, blieb er wie angewurzelt stehen und zog den Kopf zwischen die Schultern, als ob er jede Sekunde einen Genickschlag erwartete. Langsam, fast widerwillig, drehte er sich um und sah mich an.

Ich bin von Natur aus kein Brutaler. Daß ich Wickler gleich so hart in die Mangel genommen hatte, lag nur an den letzten sechs Monaten. Als ich nun sah, wie sehr ich ihn verängstigt hatte, schämte ich mich. Ich versuchte etwas freundlicher zu sprechen. »Kommen Sie doch nochmals für einen Augenblick her.«

Vorsichtig und widerwillig bewegte er sich auf mich zu. Mir kamen schon wieder große Zweifel an der Sache. Aber ich konnte ihn ja wenigstens einmal anhören und herausfinden, worum es sich drehte. Wenigstens das konnte ich tun.

»Dieser Job«, sagte ich, als er unter mir an der Haustreppe stand, »also, Sie sagen, die Sache ist nicht gegen das Gesetz? Kein Rechtsbruch?«

»Nicht einmal Rechtbeugung«, sagte er, plötzlich wieder ganz eifrig. »Ehrenwort, Mister Tobin. Hundert Prozent sauber.«

»Na schön. Dann kommen Sie rein und erzählen Sie.«

Diesmal führte ich ihn ins Wohnzimmer.

2

Die Vergangenheit läßt man am besten ruhen. Warum ich aus dem Polizeidienst flog, das hat nichts mit der Geschichte hier zu tun, mit der Geschichte von Ernie Rembeck und dem »Polizistenjob«, den ich für ihn erledigen sollte. Und deshalb soll niemand von mir verlangen, daß ich die Sache wieder aufrolle. Niemand. Aber trotzdem zwingt mich dauernd irgend etwas, alles zu erzählen; zu erklären; mich zu rechtfertigen. Vielleicht ist es mir auch nur nach Beichte, oder ich habe tief in mir eine masochistische Ader, und indem ich die Geschichte schildere, will ich in Wahrheit nur das Messer in der Wunde umdrehen. Das Messer, in das ich mich selbst gestürzt habe.

Achtzehn Jahre lang war ich ein Cop, und irgendwann im vierzehnten Jahr mußte ich einen Berufseinbrecher festnehmen. Er hieß Daniel »Dink« Campbell. Die Festnahme erfolgte in Campbells Wohnung, einem schäbigen Drei-Zimmer-Apartment im Westen von Manhattan. Dink war keiner von der gewalttätigen Sorte, und so war der einzige Zwischenfall bei dieser Festnahme der Umstand, daß ich seiner Frau begegnete. Linda Campbell war eine kleine nette Blondine von achtundzwanzig Jahren. Sie begleitete ihren Mann und mich zur . . .

Ach so, Sie wissen natürlich schon Bescheid, wie? Sofort, als Sie den Namen Linda gedruckt vor sich sahen, wußten Sie, was ich damals noch nicht ahnte. Daß Linda und ich am Ende zusammen ins Bett gehen würden. Das kam später, über ein Jahr später, als Dink längst abgeurteilt war und eine Strafe angetreten hatte, die im günstigsten Fall fünfzehn Jahre dauern mußte. Aber, verstehen Sie, es ist mir einfach unmöglich, Ihnen die Sache so zu schildern, wie ich sie erlebte. Das langsame Erkennen, der immer stärker werdende Zwang, schließlich das Gefühl der Unausweichlichkeit, das uns einander in die Arme trieb. Wie soll ich den rosigen Nebel schildern, der uns umhüllte und die harte Wahrheit verwischte? Nein, für Sie ist das eine ganz schäbige und billige Affäre, gemein und geschmacklos. Aber so schien es damals keineswegs.

Immerhin, Linda war nicht wie die Frauen anderer Berufsverbrecher. Ich kenne Hunderte dieser Weiber, gemeine, verhurte Schlampen, dumm, ungebildet und ordinär. Wenn der Einbrecher sein nächtliches Tagewerk verrichtet hat, sucht er zu Hause nicht Erholung in den Armen einer Sirene.

Auch Linda war keine Sirene, ganz und gar nicht. Aber sie war ebensowenig eine Schlampe, sondern eine aufgeweckte, lebenslustige Frau. Sie hatte die übliche unzureichende New Yorker Grundschulausbildung, aber diesen Makel hatte sie durch vieles Lesen zu mildern versucht. Und das gemeinsame Interesse an der Stadtbibliothek war es nicht zuletzt, das uns zueinanderführte.

Ich will Sie nicht mit der ganzen Geschichte langweilen, mit all den viele Stationen auf dem langen Weg bergab zum Ehebruch. Es geschah eben. Linda und ich hatten eine Affäre, die drei Jahre dauerte.

Vielleicht hätte sie länger gedauert, wenn nichts passiert wäre. Aber es passierte etwas, und die Welt blieb stehen.

Natürlich konnte ich mich mit Linda nur während meiner Dienststunden treffen, da mein Privatleben für Seitensprünge keinen Spielraum bot. Und das hieß, daß noch ein Mensch das Geheimnis kannte: mein Schichtpartner Jock Sheehan. Er deckte mich, ohne jemals ein Wort über mein Treiben zu verlieren. In Jocks Augen war jeder Erwachsene für seine Taten und Entschlüsse allein verantwortlich. Er half mir, weil er mein Partner und Freund war, nicht etwa, weil er die Sache gebilligt hätte.

Jock wurde bei einer Festnahme erschossen, die nach allen Vorhersagen so glatt hätte verlaufen müssen, wie seinerzeit die von Dink Campbell. Aber der kleine Gangster, um den es ging, hatte seit seiner letzten Affäre mit der Polizei das Rauschgift entdeckt. Das konnten wir nicht wissen, und so begleitete ich Jock nicht, obwohl ich es hätte tun müssen. Jock setzte mich an Lindas Wohnung ab und fuhr allein in den Tod. In seiner Tasche befand sich ein Zettel mit Lindas Telefonnummer, falls er mich schnell anrufen mußte.

Niemand wußte, wo ich war. Keiner der Augenzeugen hatte einen zweiten Cop in Zivil gesehen. Der Polizist, der die Telefonnummer auf dem Zettel überprüfen ließ, schaltete aber schnell, als er den Namen Daniel Campbell hörte. Und während ich auf der Straße vor Lindas Wohnung stand und mir den Schlips geradezog, entschied sich über Jocks Leiche mein Schicksal.

Meine Vorgesetzten verziehen mir nicht, wie Kate es tat. Bei Bill, meinem Dreizehnjährigen, weiß ich es nicht so recht. Ich bin mir klar, daß er verstand, was vorging. Aber was er darüber dachte und noch denkt, ist mir ein Rätsel. Denn was im Kopf eines Kindes vorgeht, wird den Erwachsenen immer verschlossen bleiben.

Und wie steht es mit mir selbst? Ich habe eine Art Waffenstillstand geschlossen, aber ich glaube nicht, daß ich mir meinen Betrug je vergeben kann. Ich habe mich nur langsam an den Gedanken gewöhnt, weiter mit mir zusammenleben zu müssen.

Ganz abgesehen von den vielen anderen Konsequenzen hatte mich die Entlarvung einfach gelähmt. Ich konnte weder denken noch arbeiten noch Pläne für die Zukunft machen. In dem halben Jahr seither lebten wir von unseren mageren Ersparnissen und von Kates Aushilfsarbeit im Supermarkt.

Erst jetzt, sechs lange Monate später, hatte ich mich zu etwas aufgerafft: dem Bau einer Mauer.

Und – vielleicht – zu noch etwas. Da saß ich im Wohnzimmer und hörte mir an, was der kleine Wickler zu sagen hatte. Was war das für ein Job? In mir dämmerte die Hoffnung, daß es sich um etwas handelte, das ich tun konnte, aber auch die Furcht, daß ich nicht den Mut haben würde, nein zu sagen.

Und dann willigte ich ein, Wickler zu begleiten und mit seinem Boss Ernie Rembeck zu reden. Ich hinterließ eine Nachricht für Bill, der bald aus der Schule kommen mußte. Dann machten wir uns auf den Weg.

3

Der Portier eilte vor und öffnete den Wagenschlag. Er kannte Wickler, grüßte ihn höflich und konnte nicht widerstehen, mir einen Blick über die Schulter zuzuwerfen. Ich war gereizt und bereute schon, überhaupt mitgefahren zu sein. Vielleicht war das in meinem Gesicht zu lesen, ich weiß es nicht.

Wir standen vor einem Apartment-Hochhaus in den östlichen Fünfzigern. Über dem Eingang prangte ein roter Baldachin. Der Portier folgte uns in ein kleines Foyer aus Glas und Chrom, mit einem überdimensionalen Schaltpult zur Linken. Wickler und ich warteten, während der Portier ein paar Knöpfe betätigte und irgendwo anfragte, ob unser Besuch genehm wäre. Mit einem Knopfdruck gab er schließlich die Tür zur großen Lobby frei.

Im Fahrstuhl, der uns in den siebzehnten Stock brachte, standen Wickler und ich stumm nebeneinander und spiegelten uns in den Chromwänden. Ich hatte es schon vor langer Zeit aufgegeben, über den Unterschied zwischen erfolgreichen Gangstern und erfolgreichen Cops nachzugrübeln. Es war ohnehin ein fruchtloser und billiger Vergleich. Reichtum ist das Ziel der Gangster, aber das Ziel der Cops muß wohl woanders liegen.

Und jetzt war das alles ja noch viel überflüssiger.

Oben fanden wir uns in einer vornehm grau getünchten Halle wieder; die Tür von Apartment 17c war pechschwarz. Wickler klingelte, und ich fühlte ein wohlbekanntes Prickeln im Nacken. Irgend jemand beobachtete uns durch den taktvoll kaschierten Spion in der Tür. Schließlich öffnete uns ein breitschultriger Hüne, der aussah wie der Profifußballer einer Versicherungsreklame im Fernsehen.

Beim Hineingehen sagte Wickler: »Ernie erwartet uns. Sag ihm, ich hätte Tobin dabei ... äh, Mister Tobin.«

Der Hüne schloß die Tür und musterte mich mit kalten grauen Augen. »Ich werde Sie durchsuchen müssen, Sir«, meinte er äußerst freundlich.

»Nein«, entgegnete ich äußerst unfreundlich.

Er war weder überrascht noch beleidigt. Er blickte einfach Wickler an. Der sagte: »Ist schon okay. Ich übernehme die Verantwortung.«

Der Jüngling ließ die Sache auf sich beruhen und deutete auf einen Durchgang links. »Wenn Sie dort einen Augenblick warten wollen ...«

»Zwei Minuten«, gab ich zurück.

Wickler fiel ein. »Klar, Mister Tobin. Ich gehe und rede selbst mit Ernie.«

Ich trat in ein kleines Wohnzimmer mit Möbeln, die ebenso elegant wie zerbrechlich aussahen. Alles war in dunklem Holz gehalten und schätzungsweise zwei- bis dreihundert Jahre alt, aber mit Möbeln kenne ich mich nicht so gut aus.

Ich setzte mich in einen Stuhl mit Spinnenbeinen und ebenso dürren Lehnen; aber das Polster war überraschend bequem. Ich zündete mir eine Zigarette an und legte das Streichholz in den zierlichen Glasaschenbecher auf dem nicht minder zierlichen Tisch. Dann sah ich auf die Uhr – wegen der zwei Minuten. Das Rauchen hatte ich vor längerer Zeit aufgegeben und fast zwei Jahre durchgehalten. Aber vor sechs Monaten hatte ich wieder angefangen. Immerhin war das die erste Zigarette seit dem Augenblick, als ich den Plan mit der Mauer gefaßt hatte.

Nach einer Minute und vierzig Sekunden kam Ernie Rembeck ins Wohnzimmer: ein zierlicher leutseliger Potentat im Zweihundert-Dollar-Anzug, Weste nicht zu vergessen. Ich hatte ihn ein paarmal im Fernsehen erlebt, meist als ebenso höflichen wie schweigsamen Zeugen in Kongreßuntersuchungen. Aber als er mir jetzt das erstemal leibhaftig gegenüberstand, war ich überrascht, wie jung er aussah. Er mußte an die Fünfzig sein, aber er wirkte jünger als ich. Er war schlank und rank, hatte scharf geschnittene Gesichtszüge und einen seltsam federnden Schritt. Irgendwie erinnerte er mich an die Schauspieler, die am Broadway junge tüchtige Werbemanager spielen.

Sein Lächeln war eine komplizierte Angelegenheit. Es vermittelte Gastfreundschaft, bat um Entschuldigung und spiegelte gleichzeitig Selbstzufriedenheit. »Mister Tobin, vielen Dank für Ihr Kommen. Ich nehme nicht an, daß Sie mir die Hand geben wollen.«

Das brachte mich aus dem Gleichgewicht. Ich hatte mich gerade für die Unhöflichkeit gestählt, seine Hand zurückzuweisen. Jetzt antwortete ich: »Es wäre ziemlich unlogisch, nicht wahr?«

»Da mögen Sie recht haben.« Er zuckte mit den Schultern. »Glauben Sie mir, Mister Tobin, ich weiß Ihre schwierige Lage zu würdigen. Ich bin der große Feind. Es ist, als ob ein pensionierter General hinginge und für die Sowjets arbeitete.«

»Gar nicht so abwegig.«

»Was mich betrifft, will ich die Angelegenheit für Sie nicht schwieriger machen, als unbedingt nötig ist. Ich verstehe genau, daß Sie nicht aus freien Stücken hier sind, sondern nur einer Notlage gehorchen. Bevor wir geschäftliche Abmachungen treffen, möchte ich Ihnen versichern, daß ich Ihre Situation voll verstehe. Ist es Ihnen nicht möglich, eine Art . . . Waffenstillstand zwischen uns abzuschließen, solange diese Sache läuft?«

»Wickler sagte irgendwas von einem Mord«, erwiderte ich.

Er hob die Hand, um mich zum Schweigen zu bringen. »Noch nicht. Das gehört zum Geschäftlichen, und Geschäftliches erörtere ich grundsätzlich nur in Gegenwart meiner Berater. Im Augenblick wollte ich Ihnen nur für Ihr Kommen danken und Ihnen das Gefühl vermitteln, daß ich Ihre Lage verstehe und Sie keiner unnötigen . . . äh . . . Belastung aussetzen werde.«

Ich weiß: Der Boss eines Verbrechersyndikats hat in der allgemeinen Vorstellung ein brutaler, brummiger, primitiver Einwanderer zu sein. Ich weiß auch, daß die allgemeine Vorstellung fast immer falsch ist. Trotzdem war ich auf Ernies perfekte, geschliffene Zuvorkommenheit nicht gefaßt gewesen. Sie brachte mich vollkommen aus dem Gleichgewicht, und ich haßte ihn aus diesem Grund jetzt ebensosehr wie wegen seines Sündenregisters. »Lassen Sie die Belastung, der ich ausgesetzt bin, nur meine Sorge sein«, sagte ich.

»Ehe wir ins Büro gehen«, antwortete er, »möchte ich Ihnen gern eine kleine Geschichte erzählen. Eine Geschichte mit einer Moral. Darf ich?«

Ich zuckte die Schultern. »Wenn's sein muß?«

»Als ich noch ein kleines Würstchen war, schwänzten wir mal die Schule, fünf Kumpels und ich. Wir nahmen die Fähre und fuhren rüber nach Staten Island. Auf dem Rückweg waren wir sehr aufgekratzt, na, Sie wissen ja, wie Jungs so sind. Wer zuletzt an Land kommt, ist eine lahme Flasche, und ähnliche Sachen. Also drängten wir uns am Ausgang. Dem Kerl, der da aufpaßte, sagten wir, er könnte uns den Buckel runterrutschen. Und als wir eben anlegten, kippte einer von uns über Bord – Howie Zlotkin hieß er – genau zwischen Bordwand und Kaimauer. Sie haben sofort hin und her manövriert, um den Knirps zu retten. Und was kam dabei raus? Howie wurde dreimal zwischen Fähre und Kai zerquetscht. Wir hingen alle über der Reling und sahen ihn im Wasser treiben. Er sah aus wie ein Klumpen rohes Hackfleisch. Können Sie sich das ausmalen?«

Ich konnte, aber der Sinn blieb mir verschlossen. »Und der Zusammenhang?«

»Der Zusammenhang, das sind Sie«, meinte er. »Jedesmal, wenn ich jemanden erlebe, der Ihren Stolz und Ihre Verletzbarkeit hat, sehe ich Howie vor mir, wie er da unten im Wasser treibt.«

»Mit anderen Worten, ich werde ebenso zerquetscht?«

»Einen anderen Ausgang habe ich noch nie erlebt. Nie. Holz und Stahl sind fester als ein Mensch.«

»Aber Sie haben mir noch nicht gesagt, was zuletzt aus Howie wurde.«

Sein Lächeln war wie ein Strich. »Muß ich Ihnen das wirklich erst sagen? Das wissen Sie doch besser als die meisten Leute, Mister Tobin. Wollen wir jetzt ins Büro gehen?«

4

Das Büro wurde seinem Namen gerecht: ein ziemlich großer Raum mit Schreibtischen, Telefonen, Aktenschränken und Jalousien vor den Eckfenstern. Als wir eintraten, warteten schon drei Männer auf uns. Rembeck stellte vor.

»Mister Mitchell Tobin.« Er deutete mit einer leichten Handbewegung auf mich. »Das dort sind Eustace Canfield, Roger Kerrigan, und das hier drüben ist William Pietrojetti.«

Die drei verbeugten sich leicht und lächelten höflich, aber keiner machte Anstalten, mir die Hand zu geben. Ernie Rembeck hatte gute Regie geleistet. Ich hätte mich freuen sollen, daß mir eine unerfreuliche Szene erspart blieb, statt dessen war ich sauer: Man hatte mich wieder einmal um die Chance gebracht, meine moralische Überlegenheit unter Beweis zu stellen, indem ich den drei Burschen den Händedruck verweigern konnte. Ich fühlte mich hinters Licht geführt.

Nach der ersten Vorstellung erläuterte mir Rembeck ihre Funktionen. »Canfield ist mein Anwalt. Kerrigan hier kommt als Beobachter von der ... äh ... Organisation. Pietrojetti ist mein Buchhalter.« Er machte eine höfliche Geste. »Nehmen Sie bitte Platz, Gentlemen.« Mich winkte er zu einem Stuhl unmittelbar vor dem größten Schreibtisch. »Würden Sie sich bitte hierher setzen, Mister Tobin?«

Das schmeckte mir nicht besonders, denn so hatte ich Canfield und Kerrigan im Rücken. Natürlich witterte Rembeck sofort, daß ich nicht einverstanden war. »Doch Sie können sich selbstverständlich setzen, wohin Sie wollen.« Mit einer Handbewegung deutete er auf ein braunes Ledersofa an der Wand. Von dort aus war der ganze Raum zu übersehen.

Aber ich konnte nicht länger dulden, daß Rembeck mich wie ein wertvolles Rennpferd behandelte. Darum antwortete ich: »Nein, hier ist es genau richtig«, und setzte mich vor den großen Schreibtisch.

Ich hatte auch schon genug von den drei anderen gesehen und war mir klar darüber, um welche Typen es sich handelte. Der Anwalt, Eustace Canfield, war ganz vornehme Fassade. Das ging bis zu den distinguierten grauen Schläfen. Der Mensch war bestimmt ein erstklassiger Rechtsverdreher, der seine Gesetzbücher bis zum letzten Komma kannte, ein hervorragendes Gedächtnis und nicht für einen Penny Phantasie hatte. So ein Mann konnte eine Anklage bearbeiten, daß sie kompliziert wurde wie ein Streichholzhaus. Und vor Gericht fiel sie dann auch genauso leicht in sich zusammen.

Roger Kerrigan dagegen war eine jüngere Ausgabe von Ernie Rembeck, ein intelligenter Gangster mit blendender Ausbildung. Ich tippte auf Wirtschaftshochschule. Ein Typ, wie ihn heute auch viele Cops vom FBI verkörpern; nur seine unruhigen Frettchen-Augen verrieten ihn. Und die »Organisation«, die er hier vertrat, war natürlich nichts anderes als der Verbrecherklub, das Syndikat. Rembeck war sozusagen nur Filialleiter, und für die Gangster in der Zentrale war es natürlich wichtig zu wissen, wie er mit einer schwierigen Situation fertig wurde. Ihr Beobachter, eben Roger Kerrigan, war ein Mann, der selbstverständlich keinerlei Vorstrafenregister hatte und auch nie eines haben würde. Man konnte wetten, daß er geachteter Stammgast im Plaboy-Klub und aktives Mitglied eines Turnvereins war, kurz und gut: ein Mann, dem in der Organisation eine blendende Karriere offenstand und der hier als Abgesandter der Spitzenmanager in Erscheinung trat. Und er würde seine Aufgabe ganz bestimmt gut und gründlich erledigen.

William Pietrojetti war wieder ein ganz anderer Bursche. Er trug einen zerknitterten braunen Anzug, über und über mit Asche befleckt, und sah aus, als hätte er gerade eine Nachtfahrt im Überlandbus hinter sich. Sein Kinn hätte eine Rasur vertragen können, aber der schwarze Schatten gehörte zum Typ. Er litt offensichtlich an Schuppen, und sein schwarzes Haar wurde schon ziemlich dünn. Das war ein typischer Einbahndenker, ein Musterexemplar von Buchhalter, der in seiner Freizeit bestimmt mathematische Denkspiele entwarf und sie einer wissenschaftlichen Fachzeitschrift einschickte. Die Unterhaltungslektüre solcher Leute bestand aus den Biographien berühmter Mathematiker, und die Art, wie sie mit den Steuergesetzen umgingen, kam einer geistigen Vergewaltigung gleich. Er war bestimmt unterbezahlt, wie es diese Typen immer sind. Aber das störte ihn wohl nicht. Denn das einzige Geld, das ihn interessierte, war das in seinen sauber geführten Büchern.

Als wir alle saßen, lehnte sich Rembeck vor und stützte die Ellenbogen auf die Glasplatte. »Wieviel hat Ihnen Wickler denn schon erzählt, Mister Tobin?«

»Genau soviel, wie er mir erzählen sollte. Jemand ist ermordet worden. Jemand, der Ihnen nahestand, aber nicht zur – äh – Organisation gehörte. Sie wollen, daß der Mörder gefunden wird, aber Sie wollen sich nicht selbst mit ihm abgeben. Wenn er gefunden ist, haben Sie nichts dagegen, daß er der Polizei ausgeliefert wird.«

Er nickte. »Stimmt. Mehr hat er Ihnen nicht gesagt?«

»Nein. Er hat mir zum Beispiel nicht gesagt, warum Sie die Polizei nicht gleich einschalten, wenn Sie ihr den Mörder am Ende doch übergeben wollen.«

»Die Situation ist kompliziert. Ehe ich näher darauf eingehe, brauche ich Ihr Wort, daß Sie mit niemandem darüber sprechen.«

Ich schüttelte den Kopf. »Darauf kann ich mich nicht festlegen.«

»Ich meine damit nicht, daß Sie kriminelle Vorgänge decken sollen.«

»Das ändert nichts. Ich kann nicht aufs Geratewohl Versprechungen machen.«

Canfield unterbrach uns. »Mister Tobin, es würde genügen, wenn Sie uns nur Ihr Wort geben, daß Sie alles äußerst diskret behandeln, was Sie hier zu hören bekommen. Reicht Ihnen das, Ernie?«

Rembeck sah etwas besorgt aus. »Die Sache ist für mich sehr wichtig, Eustace«, sagte er.

»Ich glaube, wir können uns auf Mister Tobins Sinn für Fairness verlassen.«

Rembeck sah mich an. Ich sagte: »Wollen Sie von mir das Versprechen, daß ich nicht tratsche? Einverstanden.«

Der Gangsterboss nickte kurz. »Okay.« Dann gab er sich offensichtlich einen Ruck und brachte ein freundliches Grinsen zustande. »Die Sache geht mir nämlich ziemlich unter die Haut. Das werden Sie verstehen, wenn Sie alles gehört haben.«

»Ich höre«, erwiderte ich.

Canfield fiel ein: »Noch eine letzte Kleinigkeit, Mister Tobin. Eine juristische Nuance sozusagen, die ich nicht außer acht lassen möchte. Haben Sie einen Dollar zur Hand?«

»Ich glaube schon. Warum?«

»Ich möchte, daß Sie mir den Dollar aushändigen und mich damit als Anwalt engagieren, der Ihre Interessen vertritt.«

Ich drehte mich in meinem Stuhl, um ihn besser sehen zu können. »Was soll das?«

»Eine reine Vorsichtsmaßnahme. Niemand kann von Ihnen verlangen, daß Sie den Inhalt eines Gesprächs mit Ihrem Anwalt wiedergeben. Wenn Sie jemand fragt, was Sie heute hier erfahren haben, können Sie die Auskunft verweigern, sofern Sie wollen.« Er sah mein Gesicht und fügte schnell hinzu: »Bitte, Mister Tobin, das ist keine billige Rechtsverdreherei, bestimmt nicht. Es geschieht nur in Ihrem Interesse. Auch wenn Sie mir den Dollar zahlen, können Sie soviel reden, wie Sie wollen — wenn Sie wollen. Ich gebe Ihnen nur die Möglichkeit, die Aussage eventuell zu verweigern.«

»Aber Rembeck erzählt mir doch die Sache«, warf ich ein.

»Nein, Mister Tobin. *Ich* erzähle Ihnen die Sache.«

»Alles ganz einwandfrei, Mr. Tobin«, meinte Rembeck. »Um Ihretwillen.«

Ich kam mir wie ein Hampelmann vor, aber ich tat, was sie wollten. Ich nahm einen Dollarschein aus der Brieftasche und überreichte ihn Canfield, mit der Bitte, mich als mein Anwalt zu vertreten. Er willigte feierlich ein, und ich ging wieder zu meinem Stuhl.

Endlich legte er los. »Mister Rembeck ist ein verheirateter Mann, Mister Tobin, ein glücklich verheirateter Mann, darf ich hinzufügen. Aber Mrs. Rembeck ist mit den Nerven etwas herunter, etwas — hm — hysterisch, wenn Sie verstehen, was ich meine. Wir alle bedauern sie sehr. Aber Mister Rembeck braucht, um sich physisch und geistig gesund zu erhalten, eine Art Zuflucht. Eine zweite Wohnung, wo er sich von der großen Strapaze seiner Arbeit erholen und die Gesellschaft einer hm — guten Freundin genießen kann.«

Rembeck räusperte sich und warf ein: »Ich liebe meine Frau. Das möchte ich ausdrücklich feststellen. Die ganze Sache hat nichts mit meiner Frau zu tun.«

Ich fühlte, wie mir das Blut zu Kopf stieg. Alle im Raum wußten natürlich über meinen Fall Bescheid. Sonst hätte Rembeck jetzt mit Sicherheit gesagt, ich wüßte doch, wie das wäre, von Mann zu Mann, und so weiter. Das Ausbleiben dieser gängigen Bemerkung stand wie eine große nackte Wand im Raum, von der ein wertvolles Gemälde gestohlen war.

Schließlich brach Canfield das peinliche Schweigen. »Während der letzten zwei Jahre war diese — hm — enge Freundin eine gewisse Rita Castle, eine Schauspielerin vom Fernsehen. Mrs. Rembeck wußte natürlich nichts von dieser Rita Castle und auch nichts von ihren Vorgängerinnen. Sie weiß bis heute nichts.«

»So soll es auch bleiben«, sagte Rembeck. »Deshalb wollte ich, daß Sie über die Sache nicht reden.« Wieder entblieb die Bemerkung, ich wüßte schon, wie er das meinte.

»Mister Rembeck hat sich möglicherweise zu sehr auf den guten Charakter von Rita Castle verlassen«, fuhr Canfield fort. »Auf jeden Fall ließ er es zu, daß sie die Hände auf eine ziemlich große Summe legen konnte — Bargeld.«

»Sie kassierte und haute ab?«

Canfield brachte einen großen Geschäftsumschlag zum Vorschein und gab ihn mir. »Vor drei Tagen ließ sie diesen Abschiedsbrief in ihrem Apartment zurück.«

Die Mitteilung war handgeschrieben, in grüner Tinte auf grauem Briefpapier. Eine fürchterliche Handschrift, ich konnte sie nur mit Mühe entziffern:

> *Ich gehe. Endlich hab' ich einen richtigen Mann gefunden. Wir wollen zusammen ein neues Leben anfangen, weit weg von hier. Du wirst keinen von uns jemals wiedersehen.*

»Ist das auch ganz bestimmt von ihr?« fragte ich.

»Haben Sie schon mal so eine Handschrift gesehen?« fragte Rembeck zurück. »Das ist von ihr. Und der Seitenhieb, von wegen richtigem Mann, das ist ganz ihr Stil.«

Es klang tatsächlich bitter. Wenn ich ihn mir so ansah, schien es durchaus möglich, daß er für diese »gute Freundin« mehr als für seine innig geliebte Frau übrig hatte. Mit seiner Frau verband ihn nur ein Schuldgefühl, aber diese Rita Castle war offensichtlich seine große Leidenschaft gewesen.

Canfield fuhr fort: »Heute morgen, sehr früh, wurde Miss Castles Leiche gefunden. In einem Motel-Zimmer am Rand von Allentown in Pennsylvania. Glücklicherweise steht der Geschäftsführer des Motels in Verbindung zu uns. Als er in der Handtasche der Toten auf Papiere mit Mr. Rembecks Namen stieß, hat er sofort die Organisation benachrichtigt. Und nicht die Polizei.«

»Wurde die Polizei später gerufen?« fragte ich.

»Bis jetzt noch nicht. Wenn Sie die Sache übernehmen, liegt es ganz bei Ihnen, ob das geschehen soll oder nicht . . .«

»Wo ist die Leiche jetzt?«

»Immer noch in dem Motel-Zimmer. Es wurde nichts berührt.«

»Aber das Geld ist weg«, fiel Rembeck ein.

Ich fragte: »Und Sie glauben nun, der Mann, mit dem sie durchging, brachte sie um und nahm das Geld?«

»Das ist doch offensichtlich, oder?«

»Nein«, erwiderte ich, »möglich, aber nicht offensichtlich. Was ist denn mit dem Geschäftsführer? Kann der das Geld nicht beiseite gebracht haben? Hätte er das getan, wenn es noch da herumlag?«

Rembeck sah Kerrigan an. Der meinte gedehnt: »Ich würde sagen, nein. Erstens ist der Mann vertrauenswürdig, zweitens ein kleiner Fisch und drittens zu ängstlich. Schließlich und endlich hat er sich genauso verhalten, als ob das Geld nicht dagewesen wäre. Und um das nur vorzutäuschen, ist er einfach zu dumm.«

»Es gibt noch andere Möglichkeiten«, sagte ich. »Aber Ihre These ist die wahrscheinlichste. Sie ging mit ihm durch, er brachte sie um und nahm das Geld.«

»Und ich will ihn haben«, stellte Rembeck fest.

»Wegen des Geldes?« fragte ich.

»Nein.«

»Weil er sie umgebracht hat?«

Rembeck schüttelte den Kopf. »Das hätte ich möglicherweise selbst getan«, meinte er. »Wenn ich sie erwischt hätte.«

»Warum denn dann?«

»Weil er sie mir weggenommen hat. Sie gehörte mir.«

Canfield räusperte sich. »Mister Rembeck hegt keinerlei persönliche Rachegefühle, aber er möchte, daß der Fall so schnell wie möglich aufgeklärt wird. Wenn er dabei das Geld zurückbekommt – um so besser. Aber am wichtigsten ist, die Person des Mörders zu ermitteln. Wenn das geschehen ist, können Sie den Mann der Polizei übergeben.«

»Warum lassen Sie dann die Polizei nicht von vornherein die Sache klären?«

Canfield antwortete: »Ehrlich gesagt, Mister Tobin, glaube ich, die örtliche Polizei in Allentown wäre damit etwas überfordert. Aus ersichtlichen Gründen können wir sie nicht so voll über die Hintergründe aufklären, wie wir es bei Ihnen können. Und ohne den Hintergrund kommen sie nicht weit.«

»Was ist mit dem Apartment, das sie bewohnte?« fragte ich. »Kann das bis zu Ihnen zurückverfolgt werden?«

Rembeck sah Canfield besorgt an. Der meinte: »Da sind wir nicht ganz sicher. Wir glauben es nicht, aber es wäre möglich. Schlimmstenfalls könnte Mister Rembeck verhört werden. Er würde dann zu Protokoll geben, daß er das Apartment im Auftrag eines Freundes gemietet hätte, der Mann an der Westküste lebt und nur gelegentlich hierher kommt. Der Betreffende ist bereits orientiert. Er würde seinerseits aussagen, daß er die Wohnung an Miss Castle weitervermietete. Eine Verbindung zwischen ihm und Miss Castle läßt sich nachweisen, dafür ist gesorgt.«

»Wir hoffen, daß die Sache gar nicht hochkommt«, ergänzte Rembeck. »Wenn aber doch, müssen wir uns aus der Affäre ziehen.«

»Den mutmaßlichen Mörder zu finden wird aber auch mit dem Hintergrundmaterial nicht gerade leicht sein«, gab ich zu bedenken. »Wer kann denn sagen, wie viele Männer dieses Mädchen kannte? Wie Sie angeben, war sie eine Schauspielerin. Da kann sie Tausende von Leuten kennengelernt haben. Oder auch sonstwie.«

»Wir glauben nicht, daß es sich so verhält«, meinte Canfield.

»Sehen Sie sich doch die Nachricht noch einmal genau an, Mister Tobin. Es wird Ihnen auffallen, daß da steht: ›Du wirst keinen von uns jemals wiedersehen‹ – keinen von *uns wiedersehen.*«

Ich verstand. »Mit anderen Worten: Sie glauben, Rembeck kennt den Mann.«

»Es muß so sein«, antwortete er selbst. »Es ist irgend jemand, den sie durch mich kennenlernte. Und der sie mir dann hinter meinem Rücken wegschnappte.«

Kerrigan, der kühle Beobachter, fiel ein: »Und mehr als das. Es ist so gut wie sicher, daß es jemand aus der Organisation ist. Deshalb sind wir so interessiert daran, ihn ausfindig zu machen. Wir glauben, daß wir uns den Mann nicht leisten können. Er soll verschwinden.«

Rembeck erläuterte: »Die Leute, die Rita durch mich kennenlernte, sind alle in der Organisation. Sogenannte Bürger gehören kaum zu meinem Umgang. Und die paar, die ich kenne, kamen nicht mit dem Mädchen in Berührung.«

»Haben Sie überprüft, wer verschwunden ist?« fragte ich.

Rembeck nickte ungeduldig. »Daran habe ich natürlich zuerst gedacht. Wir bekamen die Nachricht heute morgen um zwanzig nach sieben. Bis zwölf hatte ich eine Liste mit allen Personen fertig, von denen ich wußte, daß Rita sie kannte. Und um halb zwei waren sie alle überprüft. Verschwunden ist keiner.«

»Also ein eiskalter Bursche«, meinte Kerrigan. »Er will nicht, daß wir ihn vermissen. Darum bleibt er noch ein, zwei Jahre auf seinem Platz, hält das Geld in Reserve und zieht sich dann unter irgendeinem Vorwand zurück.«

Ich überlegte laut. »Das hieße, er hätte von vornherein vorgehabt, sie zu ermorden. Demnach wollte er gar nicht im Ernst mit ihr durchgehen.«

»Er hat beide reingelegt«, stimmte Rembeck zu. »Rita und mich.«

Canfield lächelte leicht. »Sehen Sie nun, Mister Tobin, warum wir ihn unbedingt haben müssen?«

»Allerdings.« Ich nickte.

»Werden Sie den Job übernehmen?«

»Ich weiß nicht. Was genau erwarten Sie von mir?«

»Ihn zu finden«, meinte er erstaunt.

»Und wie?« fragte ich. »Denken Sie etwa, Sie brauchen dazu

nur einen Cop, einen Ex-Cop, anzuheuern? Der würde sich dann still in eine Ecke setzen, eine Weile nachdenken und den Namen ausspucken?«

Canfield grinste. »Wohl kaum, Mister Tobin. Wir haben unsere Erfahrungen mit der Polizei und kennen sie ziemlich genau.«

Ich erklärte: »Der Mann, den Sie suchen, befindet sich also innerhalb Ihrer Organisation. Um ihn zu finden, muß ich diese Organisation genau kennenlernen. Darum müßten Sie mir alles zeigen, jede Frage beantworten.«

»Darauf sind wir gefaßt«, meinte Rembeck kurz.

»Und schließlich denke ich immer noch wie ein Cop«, stieß ich nach. »Ich halte mich immer noch für einen ehrlichen Mann und verantwortungsbewußten Bürger.«

»Deswegen wollen wir Sie ja gerade«, antwortete Rembeck. »Weil Sie immer noch ein Cop sind, im Grunde. Für jeden Job gibt es Spezialisten, und für diesen können wir den richtigen Mann nur außerhalb unserer eigenen Organisation finden. Der Spezialist sind Sie.«

»Sofern«, ergänzte Canfield, »Sie die Sache übernehmen.«

»Aber was ich erfahre, muß ich melden. Und zwar den Behörden.«

»Nein«, fiel Kerrigan ein. »Das gehört nicht zur Abmachung. Wir haben doch nicht vor, uns selbst die Gurgel durchzuschneiden.«

»Nehmen Sie doch Vernunft an«, plädierte Canfield. »Wir brauchen gerade deshalb einen Privatmann, weil wir uns das Auge des Gesetzes nicht leisten können. Sollten Sie den Job annehmen, müßten Sie schon zusagen, alles streng vertraulich zu behandeln, was Sie im Verlauf Ihrer Ermittlungen über die Organisation erfahren würden.«

»Ich bin nicht sicher, ob ich das versprechen kann.«

»Andernfalls können wir uns Ihre Dienste nicht leisten«, erwiderte der Anwalt. »Mister Tobin, lassen Sie sich doch nicht durch Ihre jüngsten unglücklichen Erlebnisse den Sinn für Realitäten trüben. Auch als aktiver Polizeibeamter mußten Sie wer weiß wie oft ein Auge zudrücken, um wichtige Informationen zu bekommen. Das hier ist doch genau dasselbe. Damit Sie die Sache erledigen können, werden Ihnen Fakten zugänglich gemacht, die Sie sonst nie erfahren würden. Es wäre unfair, diese Fakten dann den Behörden zu melden.«

Der Mann hatte natürlich recht. Sturheit bringt einen Cop nicht weiter. »Also gut. Wenn ich den Job übernehme, gebe ich Ihnen das Versprechen. *Wenn* ich ihn übernehme.«

Canfield sagte: »Natürlich drängt die Zeit. Wie lange brauchen Sie, um sich zu entschließen?«

»Ich muß erst mit meiner Frau reden. Selbstverständlich gelten alle Stillschweigeabkommen, die ich eventuell mit Ihnen treffe, auch für sie. Aber sie muß wissen, was ich unternehme.«

Canfield nickte. »Dagegen ist kaum etwas einzuwenden.«

»Wollen wir die Sache doch möglichst abkürzen«, meinte Rembeck. »Um Ihnen einen weiteren Ausflug hierher zu ersparen, können wir jetzt schon vorsorglich die finanzielle Seite regeln. Für den Fall, daß Sie ja sagen.«

»Von mir aus.«

Rembeck gab dem Buchhalter Pietrojetti einen Wink. Der war bis jetzt so still wie ein Stück Möbel gewesen. Nun wurde er wach. Seine Stimme klang leer und blutlos. »Das Angebot lautet folgendermaßen: fünftausend Dollar im voraus, fünfzig Dollar am Tag als Ersatz für alle Spesen, das gilt für eine maximale Bearbeitungsdauer von zehn Tagen. Dann einen Bonus von weiteren fünftausend Dollar, wenn der Fall zufriedenstellend abgeschlossen wird.«

»Natürlich muß das alles noch in einwandfreier Form schriftlich niedergelegt werden«, meinte Canfield besorgt.

»Sind die Bedingungen angemessen?« fragte Rembeck.

»Nichts dran auszusetzen«, gab ich zurück. Mit fünftausend Dollar brauchte ich mir eine Zeitlang keine Geldsorgen mehr zu machen. Kate konnte ihre Arbeit aufgeben. Und wenn ich den Mann fand, hatte ich noch mal soviel. Jawohl, die Bedingungen waren angemessen.

Aber Pietrojetti war noch nicht befriedigt. »Zu klären bleibt die Zahlungsweise. Haben Sie da Wünsche?«

Ich hatte keine Ahnung, was er meinte, und machte ihm das klar. Da legte er los: »Es hängt natürlich mit der Struktur Ihrer Steuerzahlungen zusammen. Selbstverständlich müssen Sie diesen Betrag als Einkommen anführen, aber man müßte auch einen zufriedenstellenden Prozentsatz steuerfrei absetzen können. Wir könnten Ihnen jetzt die ersten fünftausend Dollar auf einmal ausbezahlen, oder wir könnten das Geld ratenweise auf zwei Jahre verteilen. Oder, wenn Sie das lieber hätten, wäre es natürlich möglich, Ihnen das Geld jetzt zu geben, aber die Anweisungen fiktiv über zwei Jahre ausdehnen. Oder ...«

»Ich habe keinerlei Steuerprobleme«, unterbrach ich ihn. »Geben Sie mir das Geld auf einmal.«

Er nickte, war aber natürlich tief enttäuscht. Am liebsten hätte er mit den fünftausend noch eine Weile herumjongliert. Doch er fand sich in sein Schicksal. »Dann ist da noch eine andere Frage«, fuhr er fort, »nämlich die Herkunft des Geldes. Wenn unsere Organisation ganz offen als Absender deklariert würde, könnte das vielleicht unangenehm für Sie werden.«

Ich schüttelte den Kopf. »Wenn ich diesen Job übernehme, werde ich mich damit nicht verkriechen. Sollte man mich fragen, sage ich offen, wo ich das Geld herhabe und was ich dafür tun mußte.« Ich sah Rembeck an. »Ohne die Details, natürlich.«

»Einverstanden«, meinte der Gangsterboss. »Haben Sie noch irgendwelche Fragen, bevor Sie sich entscheiden?«

»Mir fallen im Augenblick keine mehr ein.«

»Schön.« Rembeck erhob sich. »Ich lasse Sie in meinem Wagen nach Hause fahren.

»Nicht nötig«, sagte ich und stand ebenfalls auf. »Ich nehme die U-Bahn.«

Rembeck wurde ungeduldig. »Das war keine höfliche Geste, Mister Tobin, sondern ein Mittel, um Zeit zu sparen. Wenn Sie mein Angebot annehmen, sind wir alle in Eile. Dann werden Sie auch nach Allentown fahren müssen. Und am schnellsten geht das in meinem Wagen. Damit kommen Sie auch am schnellsten nach Hause und zu der Aussprache mit Ihrer Frau.«

»Okay«, antwortete ich. »Wenn Sie's so lieber wollen.«

Rembeck kam um den Schreibtisch herum; er grinste etwas schief. »Haben Sie keine Bange, Mister Tobin. Hier will Ihnen niemand Ihre Seele abkaufen.«

5

Rembecks Wagen war ein großer schwarzer Lincoln Continental, komplett mit Chauffeur. Ich saß allein im riesigen Fond und grübelte über mich und den angebotenen Job nach. Die Sache selbst schien nicht allzu problematisch. Sofern keine Haken mehr zum Vorschein kamen, sah es nach einem unanfechtbaren Unternehmen aus. Vielleicht schaffte ich es, vielleicht auch nicht, aber moralische Bedenken brauchte ich kaum zu haben.

Nein, die Komplikationen lagen nicht bei dem Job, sondern in mir selbst. Am liebsten hätte ich so getan, als wäre mir dieses Angebot gar nicht gemacht worden. Ich sehnte mich zurück nach meinem Hinterhof und der angefangenen Mauer. Wie angenehm, an nichts weiter zu denken als an Ziegelsteine und Zement. Und doch konnte ich mir nicht helfen: ein wenig erregt war ich auch. Schließlich bedeutete es die zeitweilige Rückkehr in mein altgewohntes Leben, einen Job, den zu verrichten ich gelernt hatte.

Dazu kam eine seltsame Unruhe, gemischt mit Mißtrauen. Rembeck hatte es vor dem Aufbruch richtig angedeutet. Logisch war gegen seine Bemerkung auch nichts einzuwenden. Es handelte sich bei ihnen um nichts anderes als nüchterne Geschäftsleute, keineswegs um Sendboten des Satans, die mich irgendwie in die Pfanne hauen wollten. Und trotzdem kam ich mir vor wie ein vertrottelter Bauer unter gerissenen Höllenhunden. Ich ertappte mich dabei, daß ich mich immer wieder fragte: Was wollen die nun eigentlich wirklich von dir?

Aber in solch einem Monstrum von Auto nach Hause gefahren zu werden, lenkte mich von diesem Teufelskreis ab. Als wir unsere Straße erreichten, zeigte ich dem Chauffeur das Haus. Der Wagen glitt an den Bordstein und hielt hinter meinem alten Chevrolet. Als ich ausstieg, kam ich mir blöd vor. Der Lincoln hätte vor einem Iglu in Grönland nicht mehr auffallen können.

Ich hatte Kate von Rembecks Büro aus angerufen und ihr gesagt, ich müßte etwas Wichtiges mit ihr besprechen, und sie solle doch gleich nach Hause gehen. Jetzt kam sie mir an der Haustür entgegen, sah über meine Schulter hinaus und fragte: »Bist du in dem da gekommen?«

»Das gehört zur Geschichte«, erklärte ich ihr.

»Komm in die Küche. Ich hab' Kaffeewasser aufgestellt.«

Wir gingen durch den Flur, vorbei an der Treppe. »Wo ist Bill?« fragte ich.

»Ich weiß nicht, irgendwo draußen. Wirst du zu Hause essen?«

»Das kommt darauf an.«

Ich setzte mich an den Küchentisch, und während sie den Kaffee machte und mir Schokoladenkuchen vorlegte, erzählte ich ihr die ganze Sache. Sie setzte sich mir gegenüber und sah mich prüfend an. »Möchtest du es denn gern übernehmen, Mitch?«

»Das weiß ich selbst nicht. Ich hab' schon oft gedacht, früher oder später muß ich doch zu irgendeiner Arbeit kommen. Das hier könnte uns eine Zeitlang weiterhelfen. Und schließlich handelt es sich um einen Arbeitgeber, der nicht erst peinliche Fragen stellt.«

»Mitch, bitte! Laß das Geld nicht entscheiden. Ich hab' dir schon oft gesagt, es macht mir gar nichts aus, meinen Teil beizutragen. Damit ist es mir Ernst.«

»Aber unsere Lage ist meine Schuld.«

»Mitch, bitte nicht des Geldes wegen.«

»Mit anderen Worten, ich soll mich da raushalten?«

Sie schüttelte nachdenklich den Kopf. »Nein, das meine ich nicht. Im Gegenteil, ich finde, du solltest es vielleicht tun. Aber nicht aus finanziellen Gründen. Das wäre falsch.«

»Und was wäre richtig?«

»Du hast aufgehört zu leben«, sagte sie, »damals vor sechs Monaten, ganz plötzlich, als hätte jemand einen Schalter abgestellt. Vielleicht wäre es ein neuer Anfang.«

Ich stand auf und ging durch die Hintertür in den Hof. Im Abendschatten wirkte das Loch für meine Mauer wieder wie ein Grab. Die Ziegelsteinhaufen hatte ich mit Zeltbahnen zugedeckt, sie erinnerten jetzt an große drohende Untiere. Da lag meine eigentliche Arbeit; da gehörte ich jetzt hin. Die Mauer, die unseren Hof von der Welt abschloß, war meine Aufgabe. Sie mußte mich so ausfüllen, daß kein Platz mehr für andere Gedanken blieb.

Also doch wegen des Geldes. Und damit Kate nicht verzweifelte.

Ich ging in die Küche zurück. »Dann werde ich also ein paar Sachen packen müssen«, sagte ich. »Ich weiß nicht, wie lange ich in Allentown bleibe.«

6

Allentown liegt rund hundertfünfzig Kilometer westlich von New York. Wir fuhren zurück nach Manhattan und holten den Beobachter Roger Kerrigan ab. Eine Stunde und zwanzig Minuten später bog der schwere Wagen am Stadtrand von Allentown von der Fernstraße 22 ab. Die Reifen knirschten im Kies der Auffahrt vor dem *Mid Road Motel.*

Kerrigan hatte zunächst Konversationsversuche gemacht und aktuelle Themen aus der Baseball- und Filmbranche angeschnitten, aber ich hatte keine Lust auf eine Unterhaltung mit ihm und machte mir nicht einmal die Mühe, das höflich zu verschleiern. Nach einer Weile kapierte er und hielt den Mund. Schweigend ließen wir uns nach Westen tragen.

Das *Mid Road Motel* war eine billige, aber verhältnismäßig neue Angelegenheit. Auf dem Weg hatten wir ähnliche Etablissements gesehen, nur älter. Und da konnte man merken, wie auch dieser Kasten, der jetzt noch so schmuck in frischer Farbenpracht glitzerte, in ein paar Jahren dahinkümmern würde.

Den Eigentümer stöberten wir in seinem Büro auf: einen kurzen Dicken, nervös, mit buschigem Schnurrbart und spärlich werdendem Haar. Ein Mann um die Vierzig, der in der Vergangenheit bei kleinen habgierigen Geschäften viel Pech gehabt hatte und dem es auch in Zukunft nicht besser gehen würde. Dieser Mann, William MacNeill, wartete bereits auf uns. Als sich Kerrigan vorstellte, verwandelte er sich in ein nervöses Bündel, grapschte einen Schlüssel von der Wand und kam um seinen Tresen herumgewatschelt. »Ich zeig' Ihnen, wo sie ist, ich zeig's Ihnen, Gentlemen.« Wir folgten ihm.

Es war gerade sechs Uhr. Draußen, zur Linken, führte die Auffahrt zur Fernstraße, die mit ihren vier Fahrspuren schnurgerade wie ein Lineal in der untergehenden Sonne verschwand. Dicke Laster donnerten mit hundert Sachen in beiden Richtungen vorbei. Ihre Leichtmetallgehäuse reflektierten den orangefarbenen Sonnenschein vom Horizont; die Schatten waren blaß und sehr lang.

Wir liefen an der verputzten Fassade des Motels entlang. Jede der pastellfarbenen Türen trug eine silbern glänzende Nummer. Die Fenster neben den Türen waren mit Jalousien abgeschirmt.

»Ich habe nichts angerührt«, erklärte MacNeill ängstlich. »Hab' sie nicht einen Zentimeter bewegt.«

An der Tür mit der Nummer 9 blieb er stehen. Umständlich schloß er auf. Draußen hing ein Schild: »Bitte nicht stören.« MacNeill nahm es herunter. »Ich hab' es selbst hingehängt. Damit niemand reingeht.«

Drinnen knipste er das Licht an, dann trat er zur Seite, damit Kerrigan und ich vorbeikonnten. MacNeill schloß die Tür hinter uns.

Es war ein langer schmaler Raum, mit kahlen glatten beigefarbenen Wänden und einem rostbraunen Teppich. Auf unserer Seite lagen die Tür und das Fenster, an der Schmalwand gegenüber war links ein Kleiderschrank, rechts der Durchgang zum Badezimmer. In der Mitte des Raumes standen zwei Betten, mit den Kopfenden gegen die rechte Längswand. Die beiden Betten wurden durch einen billigen Holznachttisch mit einer modernisierten Leselampe getrennt. Zwischen den Fußenden und der linken Längswand blieb nur noch ein enger Durchgang. Diesseits der Betten, ebenfalls an der rechten Wand, stand eine lange niedrige Kommode, davor ein kleiner Polstersessel mit Holzlehnen, an der Wand obendrüber hing ein großer Spiegel. Am anderen Ende der Betten, vor der Badezimmertür, sahen wir ein kleines Schreibpult mit einem unbequemen Holzstuhl. An der linken Wand prangte lediglich ein großer Druck, der eine kunterbunte Waldlandschaft zeigte und mich an die groben Puzzlespiele aus meiner Kindheit erinnerte.

Auf den ersten Blick sah das Motelzimmer jedenfalls völlig normal aus, als sei nichts Ungewöhnliches geschehen. Ein kleiner weißer Koffer lag aufgeklappt auf der Kommode, drinnen sah man feminine Utensilien herumliegen. Neben dem nächsten der beiden Betten stand säuberlich ein Paar hochhackiger Schuhe. Weniger säuberlich war ein großes Badehandtuch über das andere Bett geworfen. Nur eines der Betten war benutzt.

Zeichen eines gewaltsamen Todes zeigten sich erst bei näherem Hinsehen. Auf dem großen Badehandtuch waren kleine rostfarbene Blutflecken. Vom Nachttisch zwischen den Betten fehlte die Schublade.

MacNeill ging weiter ins Zimmer hinein und blieb zwischen den beiden Fußenden stehen. »Hier.« Er deutete auf den Boden.

Kerrigan hatte offenbar kein großes Verlangen nach ihrem Anblick. Er trat zur Seite und ließ mich vorbei. Ich ging zu MacNeill hinüber und sah zu Boden.

Sie sehen nie anders als tot aus. Das mag sich dumm anhören, aber es ist so. Ich habe genug Leichen gesehen, die keine waren, im Film und auf dem Fernsehschirm. Aber in meinem Beruf habe ich auch den wirklichen Tod oft genug zu Gesicht bekommen, und da gibt es keinen Zweifel. Ein Toter sieht immer so aus, als hätte er nie gelebt.

Die Frau war nackt. Sie lag auf dem Gesicht, die Arme nach vorn ausgestreckt – wie eine Akrobatin, die im Fallen noch verzweifelt nach dem Trapez greift. Der Hinterkopf war zerschmettert, dunkles Blut verklebte das Haar. Der übrige Körper schien, soweit ich sehen konnte, unverletzt zu sein. Dem Anblick nach war sie gerade vom Duschen gekommen und hatte zwischen den Betten durchgehen wollen, als sie der heimtückische Schlag von hinten traf.

Im Fallen hatte sie dann die Nachttischschublade herausgerissen. Die lag jetzt auf dem Boden neben der Leiche, wie ein Kollektenkasten. Der Schubladeninhalt, Schreibpapier und eine billige Bibel, waren um die Tote verstreut.

»Soll ich sie umdrehen?« fragte MacNeill.

»Nein, nichts anfassen.« Ich sah mich um. »Sind alle ihre Sachen hier?«

»Jawohl, Sir«, sagte er eifrig. »Sie hatte nur den kleinen Koffer dabei und eine Handtasche.«

»Wo ist die Handtasche?«

»Die hab' ich zur Vorsicht in den Safe vorn eingeschlossen.«

»Wo stand sie? Ich meine, als Sie hier hereinkamen, wo sahen Sie da die Handtasche?«

»Auf der Kommode, gleich neben dem Koffer.«

»Ehe wir die Polizei rufen, müssen Sie die Tasche wieder hinstellen.«

MacNeill leckte sich ängstlich die Lippen und sah Kerrigan fragend an. »Rufen wir denn die Bullen?«

Kerrigan zuckte die Schultern. »Wenn er's sagt.« Er zeigte auf mich. »Er ist der Boss.«

»Ich hatte gehofft . . .«

»Haben Sie etwa Angst, die Sensation würde Ihrem Motel

schaden?« fiel Kerrigan ein. »Keine Bange – im Gegenteil. Die Touristen werden sich geradezu darum reißen, im ›Mord-Motel‹ wohnen zu können.«

»Glauben Sie wirklich, Sir?« fragte Mac Neill, nicht recht überzeugt.

Ich ging nach hinten und sah ins Badezimmer. Ein Seifenpapier im Abfalleimer, sonst nichts. Im Kleiderschrank hingen viele Drahtbügel. Zwei hielten Kleider, ein dritter eine lange Damenhose. Auf dem Schrankboden stand ein Paar Hauspantoffel, an der hinteren Schrankwand hingen Nylons. Das war alles.

Ich ließ den Blick noch einmal durchs Zimmer schweifen. MacNeill und Kerrigan beobachteten mich scharf. Mir fiel nicht das geringste mehr auf.

»Na schön«, sagte ich abschließend. »Ist das alles?«

»Da ist noch ihr Wagen.«

»Ihr Auto?«

»Es steht vorn«, erklärte MacNeill. »Ein kleiner hellblauer Mustang.«

»Den wollen wir uns mal ansehen.«

Draußen waren die Parkplätze mit weißen Strichen auf dunklem Asphalt markiert. Der hellblaue Mustang war säuberlich abgestellt worden. Seine Fenster waren heruntergerollt, er stand startbereit. Die Sonne war jetzt ganz untergegangen, und ein graugrüner Schimmer lag in der Luft. Oben über der Auffahrt rumpelten immer noch die Lastzüge vorbei. Am anderen Ende des Motels, neben dem Büro, hielt gerade ein Wagen. »Neue Gäste«, sagte MacNeill. »Meine Frau wird sich um sie kümmern.«

»Mit ihr möchte ich später auch noch reden«, eröffnete ich ihm.

»Jawohl, Sir.«

Auch in dem Mustang fanden wir nichts Besonderes. Im Handschuhfach lag ein Paar eleganter weißer Handschuhe, auf dem Rücksitz eine Illustrierte. Die Schlüssel fehlten. Aber sie steckten, wie sich kurze Zeit später herausstellte, noch im Kofferraumschloß.

»Sieh mal an«, rief MacNeill erstaunt. »Die hab' ich noch gar nicht gesehen.«

»Waren Sie denn überhaupt hinten am Wagen?«

»Nein.«

»Die haben also hier gesteckt«, meinte ich zu Kerrigan. »Wahrscheinlich hatte sie das Geld im Kofferraum gelassen, in einem zweiten Koffer oder einer Tasche. Der Mann war dann so in Eile, daß er die Schlüssel nicht wieder in ihre Handtasche zurückbrachte.«

»Aber den Zimmerschlüssel hat er mitgenommen«, warf MacNeill ein.

»Bestimmt nicht weit. Den hat er wohl irgendwo ins Gras geworfen.«

Ein fettes Weib kam auf uns zugewackelt, in der Hand klimperte sie mit ein paar Schlüsseln. Das eben angekommene Auto, ein alter Buick, folgte ihr im Schneckentempo. Drinnen saß ein sehr nervöses junges Pärchen.

»Wo können wir uns in Ruhe unterhalten?« fragte ich MacNeill.

»Unsere Wohnung ist hinter dem Büro«, antwortete er. Zu der Dicken, die gerade an uns vorbei wollte, meinte er: »Betsy, das hier sind die Männer aus New York. Sie wollen mit dir reden, wenn du einen Augenblick Zeit hast.«

Betsy brummte Unverständliches vor sich hin. Sie sah aus wie ein müder pensionierter Maultiertreiber. Das Maultier, das sie viele Jahre lang in harter Arbeit gehetzt hatte, war ihr Mann. Wir ließen den Buick vorbei. Die jungen Leute darin sahen stur geradeaus.

Wir gingen zum Büro zurück. MacNeill führte uns hinter den Tresen und durch einen gardinenverhangenen Mauerbogen in ein kleines Wohnzimmer. Es war gerammelt voll mit Möbelstücken, die zwanzig Jahre vorher für einen doppelt so großen Raum gekauft worden waren. MacNeill bat uns, Platz zu nehmen, dann versuchte er, den Wirt zu spielen, und bot uns Drinks und Kaffee an. Ich unterbrach ihn. »Wir wollen nur ein paar Minuten mit Ihnen reden.«

»Ach so, Verzeihung.« Er setzte sich und verkrampfte die Hände im Schoß.

»Können Sie mir den Mann beschreiben?« fragte ich.

Er klappte erstaunt die Augen auf. »Welchen Mann?«

»Der, mit dem sie kam.«

»Aber nein«, antwortete er, »sie kam allein. Allerdings sagte sie, daß in ein paar Tagen jemand nachkommen würde. Aber wenn der jemals gekommen ist, dann hab' ich ihn nicht gesehen.«

»Sieht so aus, als wäre er gekommen«, meinte Kerrigan trocken.

»Glauben Sie, er war der Mörder?« fragte MacNeill mit großen Augen.

»Wann kam sie hier an?« fragte ich zurück.

»Montag. Etwa um diese Zeit.«

Wir hatten jetzt Donnerstag. »Paßt das zusammen?« fragte ich Kerrigan. »Wann verschwand sie aus New York?«

»Unser Freund fand die Nachricht Montag abend. Er hatte die Dame Samstag abend zum letztenmal gesehen.«

»Na schön.« Ich wandte mich wieder an MacNeill. »Dann kam sie also Montag. Hat sie Ihr Motel ausgesucht, weil sie von Ihrer Verbindung mit der Gang wußte, oder war das Zufall?«

Bei dem Wort »Gang« zuckte er sichtlich zusammen. Bestimmt hatte er sich für seine illegale Tätigkeit, woraus sie auch bestehen mochte, vor seinem Gewissen eine wasserdichte Ausrede zurechtgelegt.

Kerrigan antwortete für ihn. »Rembeck reist eine Menge. Vielleicht hat er mit ihr hier übernachtet. Aber von irgendeiner — hm — Geschäftsverbindung kann sie nichts gewußt haben.«

MacNeill nickte eifrig. »Stimmt genau. Mister Rembeck ist öfter hier abgestiegen. Ich weiß nicht, ob nun gerade diese junge Dame bei ihm war, aber an Mister Rembeck erinnere ich mich gut. Er hat einen Wagen wie der, in dem Sie kamen.«

»Zurück zu dem Mädchen«, unterbrach ich ihn. »Welchen Namen gab sie an?«

»Rita Manners.«

MacNeills Alte kam herein, und der Raum schien sofort noch kleiner und überfüllter als vorher. »Wenn die beiden verheiratet sind, bin ich die Königin von Saba«, brummelte sie vor sich hin.

MacNeill klopfte neben sich auf das Sofa. »Setz dich hierher, Betsy.«

Sie ließ sich nieder, die Sofafedern ächzten. »Wenn es draußen klingelt, muß ich aber gehen.«

»Es dauert nicht lange«, beruhigte ich sie. »Wer von Ihnen beiden hat die Ankunft des Mädchens registriert?«

»Ich«, sagte MacNeill.

»Für wie lange nahm sie das Zimmer?«

»Sie mietete immer nur für einen Tag. Jeden Morgen kam sie und bezahlte für den nächsten.«

»Hat sie sich jemals mit Ihnen unterhalten?« fragte ich weiter.

»Schwatzte wie eine Elster, jedesmal wenn ich das Bett machen kam«, sagte Mrs. MacNeill. »Fragte mich nach den Kinos hier, wie mir Allentown gefällt, ob ich jemals weiter im Westen war, und all so'n Zeugs.«

Mrs. MacNeill hatte ganz offensichtlich Rita Castle nicht riechen können, aber das war wohl bloße Eifersucht, wie ein alter Droschkengaul einem vorbeigaloppierenden Rennpferd wütend nachglotzte. »Hat sie sich viel im Zimmer aufgehalten?« fragte ich weiter.

»Fast immer«, sagte Mrs. MacNeill. »Dienstag, glaube ich, ging sie mal ins Kino oder irgendwohin, vorher fragte sie mich nach dem Programm. Aber das war alles.«

MacNeill fiel ein: »Hier gleich über die Straße, gegenüber der Autobahn, ist ein Restaurant, das wir unseren Gästen immer empfehlen. Da nahm sie alle Mahlzeiten ein.«

»Soviel wir wissen, jedenfalls«, meinte Mrs. MacNeill.

»Glauben Sie, daß sie sich sonst noch irgendwo herumtrieb?«

»Nein, kaum möglich. War die ganze Zeit hier und wartete auf jemand.«

»Auf einen Mann«, stellte ich fest. »Und keiner von Ihnen beiden sah ihn kommen?«

»Wir liegen spätestens um Mitternacht in den Betten«, antwortete Mrs. MacNeill. »Unsere Schlafzimmer gehen nach hinten raus. Wenn dann jemand kommt, hören wir ihn nicht, falls er nicht gerade die Nachtklingel drückt.«

»Na schön. Jetzt würde ich gern die Handtasche sehen.«

MacNeill brachte sie mir, eine weiße Rehledertasche mit langem Verschlußriemen. Drinnen der übliche Krimskrams: Lippenstift, Puderdose, Streichhölzer und so weiter. Dann eine Brieftasche, im gleichen Hellblau wie der Mustang.

Die Brieftasche klärte uns über einiges auf. Auf dem Führerschein stand ihr Alter – vierundzwanzig. Außerdem gab es da zwei gültige Mitgliedskarten von großen Schauspielergewerkschaften, eine dritte war abgelaufen. Schließlich eine Lesekarte der öffentlichen Stadtbibliothek von New York. Dann noch drei Fotos von Kindern, die dümmlich grinsend herumstanden. Der Hintergrund dieses Fotos war eine weite, sehr flache Landschaft.

Als ich die Handtasche durchgewühlt hatte, gab ich sie MacNeill zurück. »Vergessen Sie nicht, die Tasche an ihren Platz zu legen, bevor Sie die Polizei rufen.«

Mrs. MacNeill fing bei dem Wort Polizei sofort zu jammern an. Warum nahmen wir die Leiche nicht einfach mit und versteckten sie irgendwo?

»Mein Auftrag lautet, den Mörder zu finden«, erklärte ich. »Dabei kann mir die Polizei nur helfen. Die Leute vom Labor und die Techniker entdecken drüben im Zimmer bestimmt eine Menge Hinweise, die mir verborgen bleiben müssen.« Ich sah Kerrigan an. »Ich nehme an, Ihre Organisation hat die nötigen Kanäle, um mich von den Ergebnissen der polizeilichen Untersuchungen in Kenntnis zu setzen?«

Er nickte. »Was die auch rausfinden, Sie werden es fünf Minuten später wissen.«

Mrs. MacNeill stellte weinerlich fest: »Da haben Sie uns aber ganz schön in die Patsche gebracht, Mister. Wie sollen wir den Cops denn klarmachen, warum wir sie nicht gleich gerufen haben?«

»Aber Sie haben die Cops doch gleich gerufen«, erklärte ich ihr. »Ich fälsche zwar nicht gern Beweismaterial, aber in diesem Fall hilft es nichts. Wenn wir die Wahrheit sagten, hätten die Beamten nur einen noch schlechteren Start.«

»Was sollen wir denn tun?«

»Nur eine kleine Änderung. Miss Castle kam gestern zu Ihnen und zahlte diesmal für zwei Tage im voraus. Sie sagte: ›Sieht so aus, als ob ich nun doch länger bliebe‹, und dann zahlte sie für zwei Tage. Das müssen Sie in Ihren Büchern entsprechend ändern.«

»Kein Problem.« MacNeill nickte.

»Und heute morgen«, fuhr ich fort, »hing das Schild ›Bitte nicht stören‹ an der Tür. Daraufhin haben Sie das Bett ausnahmsweise nicht gemacht.« Ich sah auf meine Uhr, es war zwanzig nach sechs. »Gegen neun Uhr heute abend aber sind Sie so beunruhigt, daß Sie sich entschließen, die Tür zu öffnen. Sie finden die Leiche und rufen sofort die Polizei an. Und *tun* Sie das alles auch, spielen Sie die ganze Geschichte möglichst echt durch. Gehen Sie hin und klopfen Sie an die Tür, rufen Sie ihren Namen und öffnen Sie schließlich widerwillig. Kommen Sie dann ganz entsetzt wieder raus, und stürzen Sie zum Telefon.«

»Aha«, machte MacNeill, »falls uns jemand beobachtet.«

»Genau. Und wenn Sie dann nach den Ereignissen von heute gefragt werden, sagen Sie, eine Limousine mit Chauffeur wäre gekommen, und zwei Männer hätten hier übernachten wollen. Sie hätten aber das Zimmer nicht für gut genug befunden und wären weitergefahren, kapiert? Das sagen Sie aber nur, falls Sie gefragt werden.«

»Jawohl, Sir«, sagte MacNeill. Er grinste jetzt erleichtert, weil ich ihm die Möglichkeit geliefert hatte, sich aus allem herauszureden.

»Und wir?« fragte Kerrigan. »Bleiben wir hier?«

»Nein«, entschied ich. »Vielleicht kommen wir noch mal wieder. Aber im Augenblick können wir in der City mehr ausrichten.«

Ehe wir gingen, instruierte ich MacNeill noch einmal. »Denken Sie daran: nicht vor neun die Cops rufen. Ich brauche am anderen Ende noch Zeit, um einiges zu arrangieren.«

Er versprach es feierlich, und wir stiegen wieder in das schwarze Schiff, das sofort Kurs auf New York nahm.

7

Das Apartment, in dem sich Rita Castle hatte aushalten lassen, lag zwei Häuserblocks südlich und einen halben Block östlich von Ernie Rembecks Domizil. Mir kam der Gedanke: Ob er diesen Weg wohl jemals zu Fuß zurückgelegt hatte?

Das Gebäude glich dem Rembeckschen, aber die Wohnung lag noch höher, nämlich im dreiundzwanzigsten Stock. Prunkstück des überaus geräumigen Wohnzimmers war das drapierte Panoramafenster, das eine weite Aussicht nach Westen bot. Von hier oben sahen die graubraunen alten Sandsteinhäuser wie kleine Klötze in einem vergammelten Monopolyspiel aus. Im Wohnzimmer dominierten die Farben Weinrot und Weiß, wobei der weinrote Teppich und das große weiße Sofa herausragten. An einer Längswand hing ein graublaues Op-Art-Gemälde. In der Wand gegenüber waren mehrere Türen. Außer zum Flur führten sie in einen geräumigen Wandschrank, eine kleine, aber schmuck ausgestattete Küche und in ein langes schmales Schlafzimmer, ebenfalls mit Panoramaaussicht. Vom Schlafzimmer wiederum ging es in ein winziges Badezimmer mit grüngekachelter Duschnische. Weder Küche noch Bad wiesen Fenster auf.

Das Wohnzimmer war genauso unpersönlich wie das Sprechzimmer eines Psychiaters und so komfortabel wie ein Luxushotel. Nur im Schlafzimmer hatte sich Rita Castle eine Art persönlicher Note gegönnt. Auf dem großen Hollywoodbett prangte eine handgemachte Flickendecke, die sich in dieser Umgebung wie die Unschuld vom Lande ausnahm. Das Bücherbrett des Nachttischs war mit Lektüre vollgepackt. Da drängten sich die verschiedensten Illustrierten, von *Harpers* bis zum *Playboy*, aber auch jede Menge Taschenbuchausgaben, und zwar keine Unterhaltungsliteratur, sondern Sachbücher, griechische Mythologie, Sexualabhandlungen und Biographien bekannter Politiker.

Auf dem Bett selbst lagen die letzte Ausgabe von *Varieté* und die Bildbeilage der jüngsten *Sunday-Times*, letztere mit dem halbausgefüllten Kreuzworträtsel nach oben. Und auf dem Fußboden neben dem Bett stapelten sich gebundene Ausgaben neuerer Broadwaystücke.

Das Mobiliar im Schlafzimmer wurde durch einen Schminktisch und eine Kommode vervollständigt, beides wesentliche Dinge für eine junge Dame, die anscheinend hauptsächlich von ihrem Aussehen lebte. In der untersten Kommodenschublade stieß ich auf einige Briefe, die Rita Castle von ihrer Mutter bekommen hatte, Absenderadresse East Grange in South Dakota. Hauptsächlich der neuste Klatsch, aber hier und da schimmerte die mütterliche Sorge durch, daß das New Yorker Benehmen ihrer Tochter am Ende nicht ganz den wohlanständigen Maßstäben des Landlebens entsprach. Aber es gab keinerlei Hinweise auf irgendwelche Leute in New York aus Rita Castles Bekanntenkreis.

Neben dem hellblauen Telefon auf dem Nachttisch lag ein Adreßbuch. Es enthielt überraschend wenig Eintragungen. Ich schrieb mir die paar Namen, Adressen und Telefonnummern ab.

In der Küche stieß ich auf das letzte Stück in Rita Castles

Bibliothek, ein »Kochbuch für eilige Leute«. Dementsprechend enthielten Kühlschrank und Speisekammer nur Vorräte, die mit einem Minimalaufwand an Mühe und Geschicklichkeit zubereitet werden konnten. Große Menüs waren hier wohl nie serviert worden.

Im eingebauten Wandschrank lag ein Stapel von Film- und Fernsehdrehbüchern mit rot unterstrichenen Rollen. Offenbar hatte Rita Castle tatsächlich hin und wieder vor der Kamera gestanden, obwohl sie das finanziell bestimmt nicht nötig gehabt hatte.

Kerrigan saß geduldig im Wohnzimmer, während ich meine Inspektionstour machte. Wir waren um fünf vor acht gekommen, um zwanzig vor neun hatte ich genug gesehen. »Fertig, das genügt hier.«

Kerrigan stand auf und dehnte sich. »Machen Sie Fortschritte?«

»Ich bemühe mich«, antwortete ich. »Kannten Sie das Mädchen?«

Er zuckte die Schultern. »Ich sah sie ein paarmal mit Ernie.«

»Was hielten Sie von ihr?«

»Ich weiß nicht recht. Sie benahm sie wie ein waschechtes dummes Häschen, wissen Sie? Nichts im Hirn, aber viel drumrum. Doch ich glaube, das war nur Mache.«

»Um Rembeck reinzulegen?«

»Vielleicht; zum Teil wenigstens. Ich glaube, sie war in Wirklichkeit ein äußerst cleveres Girl. Manchmal dachte ich, sie spielte die Häschenrolle zu ihrem eigenen Vergnügen.«

»Als Schauspieltraining?«

»Genau.«

»Haben Sie die Nachricht, die sie hinterließ?«

»Nein, die hat Ernie.«

»Ich will sie noch mal sehen. Soweit ich mit entsann, klang sie auch ganz nach Häschen. Das da hatte ich nicht erwartet...« Ich deutete auf die Schlafzimmertür. »Sie war offensichtlich komplizierter, als aus dem Abschiedsbrief hervorgeht. Können Sie mir den Zettel beschaffen?«

»Okay. Wohin jetzt?«

»Ich gehe nach Hause, und Sie fahren zu Rembeck, um einiges zu organisieren. Zunächst drehen Sie es so, daß die Polizei über dieses Apartment hier an Rembeck rankommt, und zwar gleich.

Dann kann er die Story mit dem Freund an der Westküste auftischen.«

»Und warum das?«

»Weil ich gedeckt sein will. Ich will keine ständigen Auseinandersetzungen mit der Polizei, die mich nur an der Arbeit hindert.«

»Na schön. Und wie fangen wir das an?«

»Ganz einfach: Heute morgen rief der Mann von der Westküste Rembeck an und zeigte sich äußerst besorgt über den Verbleib seiner Bekannten, die das Apartment gemietet hatte. Das Mädchen sei offenbar verschwunden. Zwar hätten sie nichts miteinander, aber er fragte sich, ob sie in Schwierigkeiten stecke. Und ob Rembeck so freundlich sein könnte, sich um die Sache zu kümmern. Rembeck sagte zu und ließ nachforschen. Als es dann danach aussah, daß das Mädchen wirklich verschwunden war, engagierte er mich, um nach ihr zu forschen. Aus diesem Grunde suchte ich ihn heute nachmittag auf, und deshalb fuhr mich auch sein Chauffeur nach Hause. Heute abend telefonierte ich mit dem Mann an der Westküste – ich brauche noch seinen Namen –, und dann kam ich hierher in die Wohnung, um mich umzusehen. Ich werde jetzt von zu Hause einen Freund in der Vermißtenabteilung anrufen und nachfragen, ob Rita Castle als vermißt gemeldet wurde.«

»Aber wir wissen doch, daß das nicht der Fall sein kann.«

»Klar. Sobald die Polizei Rembeck aufgestöbert hat, soll er mich anrufen und mir berichten, daß man das Mädchen ermordet aufgefunden hat. Dann soll er mich engagieren, damit ich den Mörder finde.«

Kerrigan grinste. »Alles schön verpackt, was?«

»Ich möchte die Cops nicht mehr an der Nase rumführen, als unbedingt nötig ist.«

»Okay, wie Sie wollen. Ich hau' jetzt ab und arrangiere das. Soll der Wagen Sie nach Hause bringen?«

»Ja, weil ich den Koffer dabei habe. Der fällt in der U-Bahn zu sehr auf. Dieser Koffer paßt nämlich nicht in die Story. Die Nachbarn sollen mich damit lieber nicht sehen, falls ein übereifriger Cop später herumschnüffelt.«

Wir fuhren im Fahrstuhl die dreiundzwanzig Stockwerke hinunter. Kerrigan gab dem Chauffeur Anweisungen, dann trennten wir uns. Ich stieg in die Limousine.

Als wir auf dem Long-Island-Schnellweg waren, lehnte ich mich vor. »Fahren Sie schon lange für Mister Rembeck?«

»Jawohl, Sir. Seit drei Jahren.«

Er war um die Dreißig, schwarzhaarig, sah stark und etwas schwerfällig aus. Beim Sprechen wirkte er sachlich und nicht ungebildet.

»Kannten Sie«, fragte ich weiter, »die Frau, die in dem Haus wohnte, wo wir gerade waren?«

»Miss Castle? Aber ja, Sir.«

»Haben Sie Miss Castle manchmal auch gefahren, wenn Mister Rembeck nicht dabei war?«

»Ja, Sir. Oft sogar. Zum Einkaufen oder zu Fernsehproben oder wenn sie alte Freunde besuchen wollte.«

»Was hielten Sie von ihr?«

Er musterte mich mißtrauisch im Rückspiegel. »Ich glaube kaum, daß ich Ihnen diese Frage beantworten kann, Sir.«

»Sie können. Mister Rembeck erfährt nichts davon. Ich muß soviel wie möglich über das Mädchen wissen.«

»Jawohl, Sir.« Er zögerte. »Sie — na ja, ich würde sagen, sie war ein gefährlicher Typ, Sir.«

»Gefährlich?«

»Ja, wenn Sie wissen, was ich meine. Sie war — hm — gelangweilt. Die meiste Zeit wußte sie nichts mit sich anzufangen.«

»Mit anderen Worten: Sie hat mit Ihnen anzubändeln versucht?«

Er wurde verlegen. »Wenn Sie das so sagen, Sir, klingt es schlecht.«

»Aber sie hat?«

»Ja, Sir. Ziemlich.«

»Ziemlich?«

»Ja, Sir. Es war für sie mehr ein Spiel. Ich glaube, sie versuchte es nur, weil sie genau wußte, daß ich nicht darauf eingehen würde. Sie wollte gar nicht im Ernst, daß ich reagierte.«

»Und? Reagierten Sie?«

»Wer, ich?« Er schien ernstlich erstaunt. »Ich weiß doch, wo es mir gutgeht, Sir!«

»Und wenn Sie reagiert hätten — was wäre dann geschehen?«

»Dann hätte sie sich halb totgelacht und mir eine runtergehauen.«

»Und Rembeck wäre bestimmt nicht glücklich gewesen.«

»Mister Rembeck hätte mir das Fell über die Ohren gezogen, Sir.«

»Hm – gut. Jedenfalls vielen Dank.«

»Keine Ursache, Sir – Sir, was ich gesagt habe, wird Mister Rembeck auch wirklich nicht zu Ohren kommen?«

»Nein. Es geht ihn nichts an.«

»Vielen Dank, Sir.«

Den Rest der Fahrt legten wir schweigend zurück. Als wir vor meinem Haus hielten, beeilte ich mich, mit dem Koffer ungesehen hineinzukommen. Kate und Bill saßen im Wohnzimmer und sahen einen Spionagefilm im Fernsehen. Ich berichtete Kate, daß ich nun doch nicht über Nacht wegbleiben würde, jedenfalls diesmal nicht. Dann ging ich in mein Zimmer und rief Eddie Schultz von der Vermißtenzentrale an. Ich kannte Eddie noch von der Polizeischule her. Er war zu Hause. Nach den beiderseits etwas gequälten Eröffnungsfreundlichkeiten fragte ich ihn: »Könntest du für mich herausfinden, ob eine junge Frau namens Rita Castle als vermißt gemeldet worden ist? Eine Schauspielerin, lebt in Manhattan.«

»Kann ich. Wo bist du, zu Hause?«

»Ja.«

»Ich rufe wieder an.«

»Danke, Eddie.«

Ich ging runter ins Wohnzimmer. Kate war in der Küche, um mir Kaffee zu machen. Ich setzte mich und versuchte, mit Bill über die Schule zu sprechen. Das war Schwerarbeit. Nicht daß Bill bockig gewesen wäre, ganz im Gegenteil. Er hätte sich wahrscheinlich gern mit mir über seine Schulprobleme ausgesprochen, war jedenfalls offen und freundlich. Aber ich fühlte das Unechte, Gezwungene in meiner eigenen Stimme. Dauernd quälten mich die Fragen: Was denkt er über mich? Was geht in ihm vor?

So war ich froh, als Eddie ein paar Minuten später wieder anrief. Eine Rita Castle stand nicht auf der Vermißtenliste. Ich bedankte mich und kehrte ins Wohnzimmer zurück, wo inzwischen der Kaffee auf mich wartete.

Ich trank und starrte eine Weile auf die Mattscheibe, dann

ging ich in den Hof. Im Schein der Lampe über der Hintertür hatte ich gerade genug Licht, um noch ein bißchen an dem Graben für meine Mauer zu arbeiten. Mit der Schaufel in der Hand fühlte ich mich wohler.

Um elf, kurz nachdem mir Bill gute Nacht zugerufen hatte, kam ich wieder herein. Kate und ich saßen am Küchentisch, und ich erzählte, was sich am Tage ereignet hatte. Sie gab mir einen Umschlag, den ein Mann kurz nach sechs Uhr überbracht hatte. Darin steckte ein Scheck über fünftausend Dollar auf das Guthaben einer Firma, die sich »Überland-Projekt GmbH« nannte und eine Postfachnummer als Adresse angab. Links, wo der Zweck der Zahlung einzutragen war, stand »für Dienstleistungen«. Ich unterschrieb auf der Rückseite und gab den Scheck Kate, damit sie ihn am nächsten Morgen auf die Bank bringen konnte. Ich war hundemüde, und wenig später ging ich zu Bett.

8

Der Anruf kam am nächsten Morgen um halb zehn; ich arbeitete wieder an meiner Mauer. Kate erschien. »Da ist jemand für dich am Telefon.«

Es war Rembeck selbst. »Also, sie waren da.«

»Wer?« fragte ich.

»Zwei Beamte.«

»Weshalb?«

»Was?«

»Weshalb waren die beiden Beamten bei Ihnen?«

»Wegen des Mädchens, warum denn sonst?«

»Welches Mädchen?« fragte ich.

Endlich verstand er. »Okay, Mister Tobin, ganz wie Sie wünschen.«

Dann berichtete er mir also, daß man Rita Castle in Allentown ermordet aufgefunden hätte und daß George Lewis, der Vermieter aus Los Angeles, ihn beauftragt habe, die näheren Umstände des Mordes zu klären. Ich willigte ein, den Auftrag zu übernehmen, und er meinte, nicht ohne einen Anflug von Sarkasmus, er freue sich, das zu hören.

»Jetzt brauche ich zwei Dinge«, fuhr ich fort.

»Nur raus damit.«

»Erstens: ein Büro in Manhattan. Kann ruhig klein sein. Einen Schreibtisch und ein Telefon, mehr nicht.«

»Kein Problem. Was noch?«

»Eine Liste mit den Namen aller Leute, die Sie kennen und die Ihres Wissens nach auch Rita Castle gekannt haben. Namen, Adressen, Telefonnummern und Berufe.«

»Das ist die Liste der Verdächtigen, stimmt's?«

»Die Art Ihrer Nachricht beweist, daß Sie den Mann kennen. Jedenfalls ist das zunächst unsere Theorie. Darum die Liste. Wenn keiner von diesen Leuten in Frage kommt, müssen wir neu anfangen.«

»Arbeiten Polizisten immer so?« fragte Rembeck.

»Manchmal.«

Er lachte. »Wie kommt es dann, daß ich noch frei rumlaufe?«

»Weil Sie eine Menge Geld haben.«

»Stimmt«, meinte er gedehnt. »Das ist der kleine Unterschied, was? Na schön, ich mache die Liste gleich. Und Ihr Büro haben Sie innerhalb einer Stunde. Brauchen Sie heute den Wagen?«

»Im Augenblick nicht. Vielleicht später.«

»Ich gebe Ihnen eine Telefonnummer, dort können Sie ihn jederzeit bestellen. Der Chauffeur heißt Dominic Brono.«

Ich notierte die Nummer. »Kann ich auch Sie da erreichen?«

»Nein. Ich bin meistens hier. Wenn nicht, können Sie mir immer etwas ausrichten lassen.« Er gab mir auch diese Telefonnummer.

Sofort danach rief ich Eddie Schultz wieder an. Ich wußte, daß er zu dieser Zeit Dienst hatte. Als er am Apparat war, erzählte ich ihm: »Ich hab' gerade von dem Mädchen gehört, nach dem ich dich gestern fragte. Ist ermordet worden.«

»Ermordet? Hier in Manhattan?«

»Nein. In Pennsylvania. Aber sie stand irgendwie mit Ernie Rembeck in Verbindung. Demnach werden die New Yorker Cops wohl mit der Sache zu tun bekommen.«

»Mitch, wie hängst du da mit drin?« fragte er besorgt.

»Rembeck hat mich gestern engagiert, ich sollte das Mädchen suchen.«

»Spielst du jetzt etwa Privatdetektiv?«

»Nein. Ich sollte ihm mit meinen Erfahrungen und Verbindungen nur helfen, das Mädchen zu finden.«

»Hat Rembeck sie vielleicht selber umgebracht und braucht dich als Tarnung?«

Daran hatte ich auch schon gedacht. Aber eine Reihe von Indizien sprach dagegen. »Ich weiß nicht, Eddie. Könnte sein, aber ich glaub's nicht. Auf jeden Fall möchte Rembeck, daß ich an der Sache interessiert bleibe.«

»Die Mordkommission wird sich darüber nicht gerade freuen, Mitch.«

»Ich trete niemandem auf die Füße.«

»Okay. Bring dich nicht in Teufels Küche, alter Junge.« Er war wirklich besorgt. Alte Freundschaften gewöhnen sich schwer ab.

»Ich nehm' mich schon in acht, Eddie. Danke.«

Ich ging wieder in den Hof und machte mich an meine Mauer. Die Cops würden bald da sein.

9

Sie kamen kurz vor Mittag. Inzwischen hatte Rembeck ein zweites Mal angerufen und mir die Adresse meines neuen Büros mitgeteilt: Fifth Avenue 493, Zimmer 703, Schlüssel beim Liftboy. Die bewußte Liste läge in der Schreibtischschublade. Wenn ich noch etwas brauche, solle ich mich melden.

Die Polizei geht selten feinfühlig zu Werke, aber diesmal hatten sie sich angestrengt und zwei Beamte in Zivil geschickt. Der eine war ein Freund aus alten Tagen, den anderen kannte ich nicht. Auf diese Weise hatten sie freie Wahl, wie sie mit mir umspringen wollten: auf die kollegiale Masche oder die eiskalte Tour – ganz nach meinem Verhalten.

Ich setzte eine brave Bürgermiene auf und bat die beiden ins Wohnzimmer. Kates Angebot, ihnen Kaffee aufzubrühen, lehnten sie höflich ab.

Mein Bekannter hieß Marty Kengelberg. Wir waren sieben Jahre lang im selben Revier gewesen, dann hatten sie ihn zur Mordkomission Manhattan-Süd geholt. Marty stellte den anderen vor: »Fred James, mein Kollege.« Wir verzichteten auf Händeschütteln.

»Ich nehme an, du weißt, warum wir gekommen sind«, sagte Marty.

»Ihr wollt mit mir über Rita Castle reden.«

»Stimmt. Pack mal aus, Mitch.«

Also packte ich aus. Die Geschichte klang nicht sehr wahrscheinlich, aber das war nicht zu ändern. Die Wahrheit hätte sich auch nicht besser angehört.

Als ich durch war, legte Marty los. Er warnte mich in aller Form vor unlizenzierter Tätigkeit als Privatdetektiv. Eine solche Absicht, erwiderte ich ebenso förmlich, läge mir fern. Dann wollte er wissen, was mir Rembeck zahlte. Als sie von den fünftausend Dollar hörten, sahen sich beide bedeutsam an. Die nächste Frage kam von James: »Das ist viel Geld für einen angeblich harmlosen Job. Wie wollen Sie sich das denn verdienen?«.

»Ich glaube kaum, daß ich es mir verdienen kann«, antwortete ich. »Aber schließlich stammt der Preis von ihm, nicht von mir.«

»Und warum ist ihm die Sache so viel wert?« fragte James.

»Ich wette, er war ganz schön verschossen in die Kleine. Zwar streitet er das ab, aber ich glaube ihm nicht ganz. Erst hat er wohl angenommen, sie wäre ihm durchgebrannt, und da wollte er sie einfach wiederhaben. Und schließlich hat er mehr Geld, als er ausgeben kann. Die Sache muß ihm wohl fünf Tausender wert gewesen sein. Da hat er sich eben jemanden gesucht, dem er die fünf Tausender anbieten konnte.«

»Und das waren Sie.«

»Genau.«

James zog skeptisch eine Augenbraue hoch. »Ein Mordsglück für Sie.«

»Vielleicht nicht ganz. Mein Name ist ganz schön bekanntgeworden, damals, vor sechs Monaten. Als Rembeck dann auf die Idee kam, einen Ex-Cop als Spezialisten für diesen Job anzuheuern, dachte er eben an mich. Und ich sagte zu, weil ich das Geld brauchen kann.«

»Die genaue Art dieses Jobs«, meinte James gedehnt, »ist mir noch nicht ganz klar. Was sollen Sie denn nun eigentlich? Rund heraus gesagt.«

»Das sehen Sie doch: Genau das, was ich jetzt tue. Rund heraus gesagt.«

»Immer langsam, Mitch«, fiel Marty ein. »Wir tun doch nur unsere Pflicht.«

»Natürlich, das tut ihr immer. Ich glaube, Rembeck stellt sich eine Art Kontaktstelle zwischen ihm und der Polizei vor. Die Kleine lag ihm wohl so am Herzen, daß er genau über die Untersuchung im Bild sein will. Und dann noch was . . .«

»Es gibt immer noch was«, sagte James höhnisch.

Ich hätte eigentlich wissen können, was mir blühte. Schließlich hatte auch ich zu meiner Zeit Hunderte von Verdächtigen durch die Mühle gedreht. Aber jetzt war ich zum erstenmal der Gedrehte. Ich gab mir Mühe, James zu ignorieren, und wandte mich an Marty. »Rembeck denkt auch an die Möglichkeit, daß jemand aus seinem Verein das Mädchen umgebracht hat. In diesem Fall säße er nämlich ganz schön in der Tinte. Er kann euch Brüder nicht rumschnüffeln lassen, sonst ist er am Ende selbst dran. Aber wenn er gar nichts unternimmt, wird der Mörder nie gefunden.«

»Also sollst *du* das Rumschnüffeln innerhalb der Organisation übernehmen«, stellte Marty fest.

»Genau. Ich habe zugestanden, daß ich nichts nach außen trage, was ich über die Organisation erfahre. Dafür haben sie eingewilligt, daß ich euch den Täter ausliefern kann, auch wenn er aus ihrem Kreis kommt.«

»Wie nett«, meinte James.

»Was uns Kopfschmerzen macht«, sagte Marty, »ist der Zeitpunkt, zu dem sie dich angeheuert haben: nämlich einen Tag, bevor man die Leiche fand. Das Mädchen war an dem Tag schon tot, aber gefunden hatte man die Leiche noch nicht.«

»Ich glaube trotzdem nicht, daß Rembeck eine falsche Fährte auslegen will«, gab ich zurück. »Soweit ich beurteilen kann, hat die Sache keinen Haken. Sonst hätte ich den Job nicht angenommen.«

James fiel plötzlich ein: »Wozu ist das Loch da hinten in Ihrem Hof?«

Ich sah Marty an. »Marty, muß das sein?«

»Mitch, du paßt einfach nicht ins Bild. Fred versucht doch nur, hinter die Sache zu kommen. Genau wie ich.«

»Wenn Sie die Aussage über das Loch im Hof verweigern wollen, ist das Ihr gutes Recht«, sagte James.

»Sonst noch was, Marty?«

»Ja. Verlaß dich nicht auf unsere alte Freundschaft.«

Ich stand auf. »Und du Bastard laß dich hier nicht wieder ohne Haftbefehl sehen.«

»Immer mit der Ruhe, Freundchen«, riet James.

Kate kam ins Zimmer. »Ist was, Mitch?«

»Nein. Marty und sein Freund wollten gerade gehen.«

Marty stand auf, sehr langsam, und dann auch James. »Ich fürchte, Mitch, du hast vergessen, wie unser Job aussieht«, sagte Marty. »Ich tu hier doch nur das, was du selbst hundertmal getan hast.«

»Du hast auch etwas vergessen: nämlich wer ich bin. Und daß du dich auf mich verlassen kannst. Früher wußtest du das genau.«

Marty sah Kate an, zögerte, nahm aber dann doch kein Blatt vor den Mund. »Damit ist Schluß, Mitch. Seit damals, als du Jock im Stich gelassen hast.«

»Marty!« rief Kate.

»Laß nur«, sagte ich, »er hat ein Recht, das zu sagen. Es war nicht notwendig, aber er hatte ein Recht dazu.«

»Mitch«, sagte Marty, »antworte mir jetzt bitte ehrlich und ohne Ausreden: Verheimlichst du uns etwas?«

»Du fragst mich und hast deinen Kollegen als Zeugen. Wenn ich mit ja antworte, könnt ihr mich als Kronzeugen einlochen, bis die ganze Sache vorbei ist.«

»Okay«, meinte Marty. »Fred, geh schon mal vor, ich komm' gleich nach.«

James nickte. »Nett, Sie auch mal kennengelernt zu haben, Tobin«, sagte er höhnisch, als Kate ihn zur Haustür führte.

»Nun?« fragte Marty. »Verheimlichst du uns etwas?«

»Ja.«

»Warum?«

»Weil ich die Sache nicht noch mehr komplizieren will.«

»Was hast du verschwiegen, Mitch?«

»Ich weiß nicht, ob ich dir noch trauen kann.«

»Dann sind wir ja quitt. Also, schieß los.«

»Die Leiche wurde schon vierzehn Stunden früher gefunden. Dieses Motel steht in irgendeiner Verbindung zum Syndikat. Als der Geschäftsführer in Rita Castles Papieren auf Rembecks Namen stieß, verständigte er das Syndikat statt die Polizei. Rita war Rembecks Freundin und hatte sich mit einer größeren Summe abgesetzt. Wahrscheinlich wußte die Steuer nichts von dem Betrag. Jedenfalls engagierte mich Rembeck, den Kerl zu suchen. Er wollte erstens den Mörder und zweitens das Geld zurück. Ich sagte ihm dann, der Mord müsse gemeldet werden. Ich habe die Sache auch arrangiert, damit es aber nicht zu kompliziert wurde, habe ich ein bißchen geschummelt.«

Marty nickte. »Na schön, das klingt schon glaubhafter. Es paßte einfach nicht ins Bild, daß sie dich schon einen Tag vor der Entdeckung der Leiche engagiert haben sollten. Bist du gestern rausgefahren?«

»Ja. Niemand hat etwas verändert oder berührt.«

»Und du sollst jetzt in der Organisation rumschnüffeln?«

»Das will Rembeck. Wenn ich etwas finde, verständige ich euch umgehend.«

»Okay. Du wirst verstehen, daß ich dir nicht dasselbe anbieten kann. Was wir rausfinden, müssen wir für uns behalten.«

»Das ist mir klar.«

»Gut. Und vielen Dank, daß du offen warst.«

»Ich bin immer offen, Marty.«

»Gut.« Er wandte sich zur Tür, kam aber noch einmal zurück. »Und, Mitch, vergiß bitte meine schäbige Bemerkung von vorhin.«

»Ich werd's versuchen, Marty.«

»Also, mach's gut.«

Als er gegangen war, kam Kate herein. »Möchtest du eine Tasse Kaffee? Oder gehst du gleich wieder in den Hof?«

»Nein, ich habe jetzt keine Zeit. Für beides nicht. Ich melde mich telefonisch.« Ich band mir einen Schlips um und nahm die U-Bahn nach Manhattan.

10

Mein neues Büro, eine kleine Bude mit hohen Wänden, lag in einem alten Geschäftshaus gegenüber der Bibliothek. Der Raum hatte ein verstaubtes Fenster mit Jalousien. Unten konnte ich den Betrieb von der Fifth Avenue hören, rechts lag die Kreuzung mit der 42. Straße.

Eine gigantische Kugellampe an der Decke war die einzige künstliche Lichtquelle. Dunkelgrüne offene Metallregale erstreckten sich über drei Wände. In den Fächern lag nichts als Staub. Der Schreibtisch war keine großartige Angelegenheit, klein, aus verkratztem Holz. Dahinter stand ein großer Aktenschrank aus Metall und zur Linken, auf einem kleinen Tisch mit Rädern, eine alte elektrische Schreibmaschine. Ein Holzstuhl und ein verbeulter Blechpapierkorb machten die Einrichtung komplett.

Auf dem Schreibtisch fand ich ein schwarzes Telefon, auch völlig verstaubt, in der Schublade oben rechts einen Packen Schreibpapier, einen Kugelschreiber und ein paar frisch gespitzte Bleistifte. In der Mittelschublade lag die Liste, die Rembeck mir zugesagt hatte. Sie trug in säuberlicher Maschinenschrift zehn Namen, alle mit Adressen, Telefonnummern und Berufen. Ich überflog die Liste und rief Rembeck an.

Als er sich meldete, berichtete ich: »Bin im Büro.«

»Ist es okay?«

»Das Büro schon. Aber die Liste nicht.«

»Meine Liste? Was stimmt denn damit nicht?«

»Der Name Dominic Brono fehlt.«

»Was? Mein Chauffeur?«

»Immerhin kannte er Rita. Er fuhr sie doch oft in der Gegend herum.«

»Also glauben Sie, daß er's war? Dieses kleine Schwein . . .«

»Nein. Ich hab' mich mit ihm unterhalten, und er kommt für mich nicht in Frage. Aber sein Name hätte einfach auf die Liste gehört. Rembeck, ich brauche eine komplette Sammlung.«

Minutenlanges Schweigen. Dann meinte er gedehnt: »Ach so, ich verstehe. Wie in Chestertons Geschichte mit dem Briefträger, nicht wahr?«

»Die kenne ich nicht.«

»Hab' sie vor Jahren mal gelesen. Die Quintessenz war, daß man Leute, die zur Kulisse gehören, in der Regel überhaupt nicht mehr wahrnimmt. Jeder mußte eine Liste machen und alle Leute aufzählen, die am fraglichen Ort waren. Aber niemand dachte an den Briefträger, und der war's dann natürlich.«

»Genau. Auch ich brauche alle Briefträger.«

»Lassen Sie mich darüber nachdenken. Wenn mir noch jemand einfällt, sende ich Ihnen einen korrigierten Durchschlag. Brauchen Sie sonst noch etwas?«

»Ja. Eine Art Laufburschen, der auch das Büro für mich betreut.«

»Aha, gut. In einer Stunde ist er dort. Was noch?«

»Haben Sie genug Kopien dieser Liste?«

»Ja.«

»Gut. Dann schicken Sie Leute aus und lassen Sie die Alibis für die vorletzte Nacht feststellen. Der Mörder könnte es innerhalb von drei Stunden nach Allentown und zurück geschafft haben. Und er könnte jederzeit zwischen halb zwölf Mittwoch nacht und, na ja, sieben Donnerstag früh da angekommen sein. Da sie sich gerade geduscht hatte, dürfte es aber nicht lange nach Mitternacht gewesen sein.«

»Sie hatte geduscht? Gerade bevor sie umgebracht wurde? Das wußte ich nicht.«

Er schwieg, und ich konnte mir vorstellen, welchen Gedanken er jetzt nachhing. Intime Szenen in dem Luxusapartment, das gekachelte Badezimmer, das große Bett mit der handgemachten Flickendecke. Aber meine Vorstellungskraft reichte nur bis zu einem bestimmten Punkt: Ich hatte Rita Castles Gesicht nie gesehen.

Ich unterbrach das Schweigen. »Ein Alibi ist in unserem Fall eine glaubhafte und nachprüfbare Darstellung, die keine Drei-Stunden-Lücke zwischen zehn Uhr am Mittwochabend und halb neun Donnerstag früh offenläßt.«

»Verstehe.« Es klang gepreßt. »Ich will versuchen, das im Laufe des Nachmittags zu erledigen. Sind Sie im Büro?«

»Ja, wenigstens so lange, bis ich die Alibis habe. Dann muß ich den Rest unter die Lupe nehmen.«

»Verstehe. Sonst noch was?«

»Ein Foto von Rita Castle. Möglichst sogar mehrere, verschiedene Aufnahmen.«

»Kein Problem. Noch was?«

»Hat Rita Ihnen jemals Bekannte aus ihrem Vorleben vorgestellt?«

»Was? Diese Künstlerbande? Nein, da hat sie sich gehütet.«

»Wirklich nicht einen? Niemals?«

»Nie.«

Ich hatte auch nur der Vollständigkeit wegen gefragt. Der Wortlaut ihrer Abschiedsnachricht wies ziemlich eindeutig darauf hin, daß der »richtige Mann« jemand war, den sie nach Rembeck kennengelernt hatte. Ich sagte: »Wenn Sie die korrigierte Liste schicken, schreiben Sie Dominic Bronos Adresse und Telefonnummer mit drauf.«

»Also glauben Sie doch, daß er's war!«

»Nein. Ich bin nur Perfektionist.«

»Ist das wirklich der einzige Grund?«

»Rembeck, ich sag's Ihnen, wenn ich einen Verdacht habe.«

»Na schön. Und was noch?«

»Sie wollten mir den Laborbericht von der Polizei besorgen.«

»Ist schon auf dem Weg nach New York. In einer Stunde müßten Sie ihn haben.«

»Gut.«

»Soll ich Sie bei den Leuten auf der Liste anmelden?«

»Bei unseren Verdächtigen? Nein, da warten wir lieber, bis die erste Überprüfung abgeschlossen ist.«

»Schön. Noch etwas?«

»Im Augenblick nichts mehr.«

»Okay. Darf ich mal nebenbei was sagen, Mister Tobin?«

»Schießen Sie los.«

»Nach meiner Ansicht hat der Polizeichef einen großen Fehler begangen.«

Wir legten auf, und ich setzte mich an die elektrische Schreibmaschine. Dann fertigte ich einen ersten ausführlichen Bericht an, der alles enthielt, das sich bisher ereignet hatte. Mitten in der Arbeit fiel mir Kate ein. Ich rief sie an und gab ihr die Büronummer. Wann ich nach Hause käme, könnte ich noch nicht sagen. Dann arbeitete ich weiter.

Als ich gerade fertig geworden war, klopfte es, und mein Laufbursche meldete sich: ein komischer kleiner rattenähnlicher Mann mit den fahrigen Bewegungen eines Quartalsäufers. Er hieß Mickey Hansel.

Ich gab ihm seinen ersten Auftrag. »Besorgen Sie ein Packen Aktenordner, die in den Schrank da passen. Und zwei Notizbücher wie meins hier. Dann noch Kaffee und Sandwiches für uns beide.«

»Jawohl, Sir. Aktenordner, Notizbücher, Kaffee, Sandwiches.« Er schien nicht allzu schwer von Begriff zu sein.

»Und dann sagen Sie dem Fahrstuhlführer, daß wir noch einen Arbeitstisch für Sie brauchen.«

»Jawohl, Sir. Wird erledigt.« Er grinste nervös und verschwand.

Der Arbeitstisch kam an, noch ehe mein Assistent zurück war. Zwei Männer, die in ihren Unterhemden weidlich schwitzten, schleppten ein Ungetüm an, das genauso alt und verkratzt war wie mein Schreibtisch.

Als Mickey Hansel wiederkam, fragte ich ihn: »Wissen Sie eigentlich, was hier vorgeht?«

»Keinen Schimmer, Sir«, kam es wie aus der Pistole geschossen.

»Na, hören Sie mal, die müssen Ihnen doch wenigstens ein paar Andeutungen gemacht haben, als Sie hergeschickt wurden.«

»Jawohl, Sir. Sie gaben mir die Adresse und sagten, Sie wären ein Ex-Cop, aber immer noch okay, und Sie hätten etwas für Mister Rembeck zu erledigen. Ich sollte alle Ihre Befehle ausführen.«

»Mein erster Befehl ist, daß Sie die ganze Geschichte erfahren. Leute leisten bessere Arbeit, wenn sie wissen, was sie tun.«

»Jawohl, Sir.« Aber er war keineswegs überzeugt.

Ich gab ihm den Bericht, den ich gerade getippt hatte. Er zog sich einen Stuhl vor den Tisch und las angestrengt, wobei er die Worte mit den Lippen nachformte. Ich vertrieb mir die Zeit, indem ich den Verkehr auf der Fifth Avenue beobachtete.

Schließlich war er fertig und legte den Bericht auf meinen Schreibtisch zurück. »Jawohl, Sir. Ich hab's.«

»Also wissen Sie jetzt Bescheid?«

»Jawohl, Sir. Wirklich eine Schande, das. Mit Miss Castle, meine ich. War 'ne tolle Puppe.«

»Haben Sie sie denn gekannt?«

»Manchmal mußte ich ihr Sachen in die Wohnung bringen. Mister Rembeck wollte das so. Geschenke und anderes Zeugs.«

Ausgezeichnet. Jetzt hatte ich ein Mittel, um die Genauigkeit von Rembecks zweiter Liste zu überprüfen. Wenn Mickey Hansels Name da nicht auftauchte, wußte ich, daß Rembeck die Sache immer noch nicht richtig anging. Nicht etwa, daß ich Hansel für

Rita Castles »richtigen Mann« hielt. Aber ich hatte eine vollständige Liste gefordert, und eine vollständige Liste mußte auch Mickey Hansels Namen aufweisen.

Ich fragte Mickey, ob er noch Fragen hätte. Nein, die hätte er nicht; er hätte jetzt kapiert, was los war. Darauf ließ ich ihn zehn Aktendeckel zurechtmachen, je einer für jeden Namen auf Rembecks Liste und einen elften für den Chauffeur, Dominic Brono.

Während Mickey noch damit beschäftigt war, kam ein junger Bursche in Lederjacke und brachte einen dicken Geschäftsumschlag. Er enthielt Fotokopien der Arzt-, Labor- und Polizeiberichte aus Allentown.

Rita Castle war am Donnerstag zwischen Mitternacht und drei Uhr früh ermordet worden. Todesursache: ein einziger Schlag auf den Hinterkopf. Der Schlag war mit großer Wucht geführt worden und hatte eine Schädelfraktur verursacht. In der Wunde hatten sie mikroskopische kleine Metallteilchen entdeckt. Das und die Wucht des Schlags hatten zu der Annahme geführt, daß es sich bei der Tatwaffe um einen Hammer oder ähnliches handelte. Von der Waffe war keine Spur gefunden worden.

Es gab keinen Zeugen, der Tat oder Täter beobachtet hatte. Letzterer hatte zur An- und Abfahrt vermutlich ein Auto benutzt, es aber möglicherweise in einiger Entfernung abgestellt und den Rest des Weges zu Fuß zurückgelegt. Brauchbare Fingerabdrücke waren nicht gefunden worden. Rita Castle hatte, soweit feststellbar, keine Verbindungen oder Bekannte in Allentown und Umgebung. Der hellblaue Mustang vor ihrem Motelzimmer war unter ihrem Namen in New York registriert.

Der Rest bestand aus Tatbeständen, die ich bereits kannte. Während ich noch beim Lesen war, kam ein zweiter Bote. Er brachte mehrere Fotos von Rita Castle, die das Mädchen in verschiedensten Posen zeigten: einmal ganz auf Seele, vor mystisch leuchtendem Hintergrund, dann auf die sportlich gestählte Tour, mit frischfröhlichem Lächeln für die Kamera. Auf dem dritten Foto war sie ganz die große Dame, in schwarzem Abendkleid mit schimmernder Perlenkette, und schließlich gab es noch eine neckische Aufnahme mit Smokinghemd und Fliege.

Das Mädchen war recht hübsch, aber ein Dutzendtyp gewesen, ein Gesicht, bei dem man sofort an Fernsehreklame für

Kosmetika denken mußte. Zwei Aufnahmen zeigten ganz deutlich das »dumme Häschen«, von dem Roger Kerrigan gesprochen hatte. Aber an den anderen beiden Fotos fiel auf, daß hinter der hübschen nichtssagenden Fassade noch etwas mehr steckte. Rita Castle war offensichtlich eine clevere Person gewesen, selbstsicher und zielstrebig.

Warum lief solch ein Ding einfach weg, spontan wie eine dumme Pute? Das paßte irgendwie nicht ins Bild. Aber danach mußte ich wohl den »richtigen Mann« fragen, vorausgesetzt, ich fand ihn.

Gegen vier Uhr rief Rembeck wieder an. »Die neue Liste ist jetzt fertig.«

»Gut.«

»Außerdem habe ich die ersten zehn Personen überprüfen lassen. Drei können ein hieb- und stichfestes Alibi vorbringen. Was machen wir mit den anderen?«

»Womöglich fallen gleich noch ein paar aus. Die Polizeiberichte hier engen die Tatzeit erheblich ein. Jeder von den Brüdern ist aus dem Schneider, wenn er nachweisen kann, daß er eine halbe Stunde vor oder nach ein Uhr dreißig am Donnerstagmorgen hier in der Stadt war.«

»Wieso das?«

»Von hier bis nach Allentown dauert die Fahrt mindestens anderthalb Stunden. Umgekehrt dasselbe. Rita wurde zwischen Mitternacht und drei Uhr umgebracht. Demnach konnte der Mörder, wenn sie zum frühestmöglichen Zeitpunkt ermordet wurde, nicht vor ein Uhr dreißig zurück sein. Und wenn die Tat zum spätestmöglichen Zeitpunkt – um drei Uhr – geschah, dann kann der Mörder New York nicht später als ein Uhr dreißig verlassen haben.«

»Logisch. Warten Sie mal einen Moment. Ich habe hier alles notiert.« Eine Weile herrschte Schweigen, ehe er das Ergebnis verkündete: »Noch zwei fallen aus. Damit bleiben fünf übrig.«

»Vergessen Sie nicht die zweite Liste. Wie viele stehen da drauf?«

»Sechs. Ich komme mir wie ein Trottel vor, Mister Tobin, daß ich das nicht gleich begriffen habe. Da sieht man, welche Tricks sich das Hirn selbst vormacht. Die sechs habe ich ebenfalls schon überprüfen lassen.«

»Gut. Jetzt vereinbaren Sie mir doch bitte Termine bei den ersten fünf.«

»Okay. Noch für heute?«

»Wenn möglich.«

»Natürlich ist es möglich, Mister Tobin. Was Sie auch verlangen, es wird sofort gemacht.«

»Na fein. Steht Roger Kerrigan mit auf der Liste?«

»Ja. Er hat überhaupt kein Alibi. Glauben Sie etwa, daß er es war?«

»Nein. Mit ihm brauche ich heute abend auch nicht mehr zu reden.«

»Gerade da liegt ein Haken, Mister Tobin. Er muß dabeisein, wenn Sie die Verdächtigen verhören. Die – äh – Leute da oben wollen wissen, was vorgeht. Was für Fragen Sie stellen, und so.«

»Macht nichts«, antwortete ich, »er kann ruhig mitkommen.«

»Ausgezeichnet.«

»Auf dieser Liste steht auch der Name Canfield. Ist das der Anwalt, den ich in Ihrem Büro kennenlernte?«

»Stimmt. Eustace Canfield. Er fällt aus.«

»Na schön. Und Sie haben alle Berichte schriftlich vorliegen?«

»Wollen Sie sie haben?«

»Ja. Das ganze Material muß an einem Ort gesammelt werden. Damit man leichter drankommt.«

»Gut, ich schicke die Sachen gleich rüber. Und die Termine melde ich Ihnen, sobald sie feststehen.«

»Danke.«

Ich legte auf. Mickey Hansel stand neben dem Schreibtisch und grübelte über den Fotos. Er schüttelte den Kopf. »Wissen Sie«, meinte er, »es ist wirklich 'ne Schande.«

»Daß sie umgebracht wurde?« fragte ich. »Da haben Sie recht.«

»Ach so, ja, das auch.«

»Was haben Sie denn gemeint?«

»Mich selbst hab' ich gemeint. Was ich für ein Trottel bin. So eine Puppe hätte ich mein Lebtag nicht bekommen, mein Lebtag nicht.«

11

Gegen fünf schickte ich Mickey nach Hause und gab ihm den zweiten Büroschlüssel mit. Er sollte am nächsten Morgen um neun wieder erscheinen, Akten einordnen, Telefonwache halten und auf weitere Anweisungen warten.

Nun war ich allein; draußen wurde es dunkel. Ich fühlte, wie in mir plötzlich alles stillstand, als hätte man unvermittelt den Fuß vom Gaspedal genommen. Solange jemand dabeigewesen war, sogar Mickey, hatte ich den Eifrigen mimen können, aber nun war es aus. Ich saß an meinem Schreibtisch wie eine ausrangierte Marionette. Die Arbeit interessierte mich nicht wirklich, nichts interessierte mich wirklich. Ich dachte an meine Mauer zu Hause.

Roger Kerrigan kam zwanzig Minuten später, mit einem Aktenkoffer. Daraus holte er die Berichte über die Alibis, die neue Namenliste und Rita Castles Nachricht. Seine Ankunft erweckte mich wieder zum Leben. Ich studierte die neue Liste und sah, daß ganz unten auch Mickey Hansels Name stand. Ebenfalls vorhanden war William Pietrojetti, der Buchhalter. Ich schrieb eine Notiz für Mickey. Er sollte für jeden neuen Namen eine Akte anlegen – »außer Ihrem eigenen«.

Kerrigan grinste. »Nanu, Sie machen ja ein richtiges Unternehmen draus.«

»Es ist auch ein richtiges Unternehmen«, belehrte ich ihn.

»Wie steht's mit den Verhören?«

»Alles arrangiert, für heute abend noch. Alle fünfundvierzig Minuten eins. Reicht Ihnen das?«

»Mehr als genug.«

»Die Gespräche finden in Ernies Büro statt.«

»Das paßt mir nicht. Ich will sie alle in ihren Wohnungen sehen.«

»Ändert das denn was?«

»Allerdings.«

»Na gut, dann lassen Sie mich mal Ihr Telefon benutzen.«

Ich machte ihm am Schreibtisch Platz, und er rief Rembeck an. Die Planänderung wurde arrangiert. Während er telefonierte, setzte ich mich an Mickeys Tisch und überprüfte die Alibis. Sie sahen unantastbar aus.

»Die Sache geht klar«, sagte Kerrigan vom Schreibtisch her. »Und die anderen sechs auf der neuen Liste werden morgen früh überprüft.«

»Gut.«

»Ich gehöre doch auch zu den Kandidaten, oder?«

»Bis jetzt noch.«

»Dann können Sie mich beim Abendessen verhören. Ihre erste Verabredung ist sowieso nicht vor halb acht.«

»Einverstanden. Aber erst will ich diese Sache hier erledigen.«

Ich nahm jetzt die Berichte von den übriggebliebenen fünf unter die Lupe. Da war zunächst Kerrigan selbst. Er behauptete, den Mittwochabend allein verbracht zu haben, und zwar vor dem Fernsehapparat. Erst hatte er die Abend-Show angesehen, dann einen alten Frankenstein-Film. Die Abend-Show war um eins zu Ende. Also hätte er noch rechtzeitig nach Allentown kommen können. Und da der Frankenstein aus dem Jahr 1935 stammte, war die Kenntnis der Handlung kein Alibi für Mittwoch nacht.

Der nächste auf der Liste war ein Mann namens Frank Donner. Sein Beruf war mit dem Stichwort »Automaten« gekennzeichnet. Donner hatte angeblich einen ruhigen Abend mit seiner Frau verbracht und war um halb zwölf ins Bett gegangen. Er und seine Frau hatten getrennte Schlafzimmer, aber Mrs. Donners Wort allein hätte mir als Alibi sowieso nicht genügt.

Dann kam ein gewisser Louis Hogan, von Beruf Gewerkschaftssekretär, der nach eigenen Angaben Mittwoch abend von Washington nach New York zurückgefahren war; Ankunft halb drei Uhr morgens.

In der Liste folgte Joseph Lydon, Grundstücksmakler. Er wollte von halb neun am Mittwochabend bis zwei Uhr fünfzehn Donnerstag früh mit seiner Freundin in deren Wohnung zusammengewesen sein. Ihr Wort allein konnte kaum für bare Münze gelten.

Schließlich kam noch Paul Einhorn, der bei einer Fluggesellschaft angestellt war. Als Mittwochabendbeschäftigung hatte er eine Einmann-Sauftour angegeben. Wann er nach Hause gekommen war, wußte er nicht mehr genau, auf jeden Fall erst nach der Polizeistunde.

Als nächstes sah ich mir noch einmal Rita Castles Mitteilung an. Der Wortlaut hörte sich wirklich nach Kerrigans »dummem Häschen« an – so, wie das Mädchen auch auf zwei der Fotos aussah:

> *Ich gehe. Endlich habe ich einen richtigen Mann gefunden. Wir wollen zusammen ein neues Leben anfangen, weit weg von hier. Du wirst keinen von uns jemals wiedersehen.*

Auf dem Inhalt dieser Nachricht bauten einige unserer Theorien auf. Erstens: Der erwähnte Mann war – zumindest für Rita Castle – ein potenter Liebhaber, wenigstens potenter als Ernie Rembeck. Zweitens: Es war jemand, den Rembeck kannte. Wenn uns diese Theorien in die Sackgasse führten, mußten wir eben von vorn anfangen. Aber einstweilen gab es keinen ersichtlichen Grund, sie aufzugeben.

Ich legte den Zettel zu den Akten, ließ die Alibiberichte für Mickey liegen und räumte meinen Schreibtisch leer. Wir machten uns auf, nahmen ein Taxi und fuhren zu einem sehr teuren Restaurant, das Kerrigan ausgesucht hatte.

Das Essen war den Preis nicht wert. Wir schwiegen bis zum Kaffee.

Dann meinte Kerrigan: »Jetzt wollen Sie mich wohl ins Gebet nehmen.«

»Da ich Sie nun mal gerade dahabe, können wir's ja versuchen.«

Ich zog mein Notizbuch hervor. »Ihr Name ist Roger Kerrigan. Hießen Sie schon immer so?«

Er grinste. »Immer.«

»Noch weitere Vornamen?«

»Oscar. Nach meinem Großvater.«

»Alter?«

»Vierunddreißig.«

»Auf meiner Liste steht: von Beruf Koordinator. Was ist darunter zu verstehen?«

»Das dürfen Sie aber nicht aufschreiben«, wandte er ein.

Ich legte den Stift weg.

Er klärte mich auf. »Die Organisation erstreckt sich über ein großes Gebiet, hauptsächlich im Nordosten, bis Washington, und im Westen bis nach Ohio. Das Gebiet ist in Distrikte eingeteilt.

Jeder Distrikt verwaltet sich selbst. Nur wenn es mal Ärger gibt, will die Organisation natürlich wissen, was los ist. Das ist mein Job.«

»Die Organisation schickt Sie also auf Inspektionstouren?«

»Nein, so auch nicht. Ich bin meist hier, wohne auch in New York. Nur ab und zu kommt ein Auftrag, da oder dort mal nach dem Rechten zu sehen. Ernie hier kenne ich privat. Manchmal will er der Organisation etwas melden, dann tut er's über mich.«

»Aber die Organisation schickt Sie nicht in die anderen Gebiete? Das hier ist Ihr einziger Zuständigkeitsbereich?«

»Nein, im Gegenteil. Ich bin Koordinator für New York City, Long Island und ganz Westchester.«

»Wie viele Distrikte sind das?«

»Neun.«

»Und Sie kennen auch die anderen Filialbosse persönlich. So wie Ernie Rembeck?«

»Mehr oder weniger. Mit Ernie habe ich natürlich den meisten Kontakt, weil ich hier lebe. Wir vertragen uns auch ganz gut.«

»Wie lange machen Sie das schon?«

»Fünf, nein sechs Jahre.«

»Wie kamen Sie zu dem Job?«

Er grinste. »Gewußt wie.«

»Was haben Sie vorher gemacht?«

Das Grinsen verging ihm. »Wollen Sie etwa meine ganze Lebensgeschichte?«

»Allerdings.«

»Die bekommen Sie aber nicht.«

»Auch gut. Vorbestraft?«

»Nein.«

»Nie gesessen?«

»Nicht im Zivilleben.«

»Was heißt das?«

Er war plötzlich alles andere als zuvorkommend. »Das heißt, das ich als Baby bei der Armee im Karzer gesessen habe, kapiert?«

»Wie alt war denn das Baby?«

»Neunzehn. Und es saß ein halbes Jahr.«

Offenbar ging ihm das immer noch nahe. Wahrscheinlich

hatte er sich ungerecht behandelt gefühlt. Ich bohrte nicht weiter, sondern fragte: »Sind Sie verheiratet?«

»Nein. Geschieden.«

»Wann?«

Diese Angelegenheit ging ihm wohl weniger nahe. Er fand sein altes Lausbubengrinsen wieder. »Das wollen Sie also auch alles hören? Mit zweiundzwanzig heiratete ich ein Mädel, das ich an der Abenduniversität kennengelernt hatte. Die Sache hielt sechs Jahre. Genausolange ist jetzt auch die Scheidung her.«

»Also waren Sie auf der Abenduniversität?«

»Ich hatte die fixe Idee, Anwalt zu werden. Aber ich eigne mich schlecht zum Studenten.«

»Treffen Sie sich noch ab und zu mit Ihrer Exgattin?«

»Nein. Nie.«

»Warum nicht?«

»Beverly ist Sozialfürsorgerin. So was hab' ich eigentlich nicht mehr nötig.«

»Würden Sie sich als Zyniker bezeichnen?«

Er grinste zynisch. »Nein. Ich pflege mich einen Realisten zu nennen.«

»Seit wann kennen Sie Ernie Rembeck?«

»Seit neun Jahren.«

»So lange verkehren Sie auch gesellschaftlich mit ihm?«

»Nein, das erst, seitdem ich Koordinator bin. Stiefelputzer speisen nicht mit dem Kammerdiener am selben Tisch.«

»Seit wann kannten Sie Rita Castle?«

»Seit Ernie sie einkaufte.«

»Einkaufte? Ist das der richtige Ausdruck?«

»Genau der richtige.«

»Also mochten Sie Rita Castle nicht?«

Er zuckte die Schultern. »Wir haben uns doch schon über Rita unterhalten. *Sie* war das, was man eine Zynikerin nennen könnte.«

»Und Sie haben mit ihr anzubändeln versucht?«

Er grinste lausbübischer denn je. »Na, sagen wir mal, ich hatte Appetit.«

»Und was geschah?«

»Sie lachte mich aus.«

»Warum?«

»Es gehörte zu ihrem Privatvergnügen, sich hinter Ernies Rücken von anderen Männern haschen zu lassen und die Hascher dann auszulachen.«

»Wie schwer hatte es Sie erwischt?«

»Die Fingerspitzen leicht verkohlt. Aber ich nehme mich vor Ärger dieser Art in acht.«

»Haben Sie Rembeck jemals über Rita aufgeklärt?«

Er schüttelte den Kopf. »Wenn jemand glaubt, eine schöne Melone erwischt zu haben, dann darf man ihm nicht sagen, daß es sich nur um eine saure Zitrone handelt.«

»Von wem hat sie sich denn noch alles haschen lassen?«

»Genau weiß ich das von keinem mehr. Aber wahrscheinlich war's eine stattliche Sammlung.«

»Niemand hat mit Ihnen über sie gesprochen?«

»Nein.«

»Gerüchte gab es auch nicht?«

»Nicht daß ich wüßte.«

»Na schön.« Ich steckte das Notizbuch ein und trank meinen Kaffee aus. »Ist es jetzt Zeit für unser erstes Verhör?«

»Sie meinen, für unser zweites.« Er sah auf seine Uhr. »Stimmt. Zeit für Frank Donner.«

Er zeichnete die Rechnung ab, und wir brachen auf.

12

Frank Donner wohnte in einem alten, allerdings hochherrschaftlichen Mietshaus in Washington Heights. Aus seinen Fenstern konnte man in der Ferne den grazilen Lichterbogen der George-Washington-Brücke sehen, davor den dunklen Fluß, dahinter die Lichtertupfen aus New Jersey. Das Haus wirkte von außen schon ein wenig schäbig, aber Frank Donners Wohnung hatte nichts von ihrer majestätischen Behäbigkeit verloren, sie war ein unverfälschtes Museumsstück aus dem Jahr 1935. Das Interieur war in dunklen Farben gehalten, schwere Vorhänge und abgerundete Ecken bestimmten das Bild der Räume. In der trüben Beleuchtung schimmerten purpurrote Teppiche und reflektierten sich in großen bernsteingefaßten Spiegelgläsern.

Frank Donner selbst, fünfundfünfzig Jahre alt und schwergewichtig, sah eher wie ein Bankier oder ein sonstwie erfolgreicher Geschäftsmann aus, mit dunklem Anzug und teurer Zigarre. Nur der brutale Zug um die Augen verriet, was er wirklich war: ein Gangster, der es zu etwas gebracht hatte.

Seine Frau, die uns in das große Wohnzimmer führte, war geradezu unheimlich fett. Ihr grellgeblümtes Kleid unterstrich nur die mühsam verhüllten Massen. In ihrem Lächeln lag noch ein schwacher Schimmer besserer Tage. Sie hatte wahrscheinlich schon immer zur Rundlichkeit geneigt, war aber wohl früher ein ganz ansehnliches, gemütliches Mädchen gewesen.

Kerrigan und Donner schüttelten sich förmlich die Hände, dann stellte Kerrigan mich vor. Auch ich kam um den Händedruck nicht herum und machte gute Miene zum bösen Spiel. Anschließend präsentierte uns Donner noch seine Frau Ethel, und endlich konnten wir uns niederlassen.

»Ich würde gern mit Ihnen allein reden«, eröffnete ich Donner.

»Ethel und ich haben keinerlei Geheimnisse voreinander«, versicherte er. »Weder privat noch im Geschäftsleben.«

»Trotzdem möchte ich mit Ihnen allein reden«, beharrte ich.

Ethel Donner lächelte jovial. »Ich werde Sie bestimmt nicht stören, Mister Tobin, das verspreche ich Ihnen.«

Ich sah Kerrigan auffordernd an. Der schaltete sich ein. »Frank, Ernie möchte, daß wir uns in allem nach Mister Tobin hier richten.«

Donners Gesicht nahm den Ausdruck eines Maulesels an. »Seit Jahren habe ich nichts hinter Ethels Rücken getan. Warum sollte ich jetzt damit anfangen?«

Ich stand auf. »Dann reden wir eben ein anderes Mal miteinander.« Damit ging ich zur Tür.

Im Flur holte mich Kerrigan ein. »Warten Sie noch eine Sekunde«, bat er. »Ich will ihn mir mal vorknöpfen.«

»Ich brauche die Aussagen, die er macht, wenn seine Frau nicht zuhört.«

»Natürlich. Und Sie haben vollkommen recht. Nur können Sie mir glauben, Frank ist ein Ausnahmefall. Er wird genau dasselbe sagen, wenn sie dabei ist.«

»Auch wenn ich ihn auffordere, mir Rita Castle zu beschreiben? Was er von ihr hielt? Welchen Eindruck sie auf ihn machte?«

Kerrigan überlegte einen Moment. »Da könnte was dran sein. Lassen Sie mich mit ihm verhandeln.«

Ich wartete direkt unter dem großen Kronleuchter und betrachtete mich in den verschiedensten Wandspiegeln. Was bedeuteten mir diese Leute eigentlich? Warum sollte ich mich mit ihren Problemen und verrückten Gedankengängen beschäftigen, mich durch ihre privaten Labyrinthe tasten? Ich hatte wahrhaftig meinen eigenen Irrgarten. Und außerdem eine Mauer zu bauen. Die Tür war direkt neben mir, aber ich blieb doch.

Nach ein paar Minuten kam Kerrigan wieder. Er nickte. »Alles okay.«

Als ich wieder ins Wohnzimmer trat, war Donner allein. Aber der Mauleselblick war noch sturer geworden. Er hatte offensichtlich beschlossen, mir die Sache nicht einfach zu machen. Und weil er mich eigentlich nicht im geringsten interessierte, war er bei mir jetzt ganz unten durch. Ich baute mich vor ihm auf und fragte barsch: »Wenn Sie und Ihre Frau so unzertrennlich sind, wieso haben Sie dann getrennte Schlafzimmer?«

Er lief puterrot an und machte Anstalten, auf mich loszugehen, besann sich aber im letzten Augenblick und ließ sich in seinen Sessel zurückfallen. Wütend sah er Kerrigan an: »Muß ich mir das bieten lassen?«

Ich gab nicht nach. »Donner, wir sind auf der Suche nach dem Kerl, der Ernie Rembeck erst die Frau gestohlen und sie dann umgebracht hat. Und Sie haben ein lausiges Alibi. Die ganze Zeit tragen Sie dick auf, wie ergeben Sie Ihrer Frau sind. Aber in meinem Bericht steht, daß Sie beide getrennte Schlafzimmer haben. Ist das etwa kein Widerspruch? Es kommt mir gar nicht so unwahrscheinlich vor, daß Sie nur den Eindruck des treuen und braven Ehemannes erwecken wollen und in Wirklichkeit eine nette kleine Affäre mit Rita Castle hatten.«

»Ich hab' nie eine andere Frau angesehen«, schnaubte er wütend. »Nicht einmal in achtundzwanzig Ehejahren!«

»Bis Rita Castle kam?«

»Wollen Sie etwa . . .« Aber plötzlich brach er ab, und seine ganze Wut war weggeblasen, als hätte man einen Ballon angestochen. Er sah Kerrigan an. »Daß der da ein Cop war, hätten Sie mir nicht erst groß zu sagen brauchen. Typisch diese Masche.«

»Warum wollen Sie nicht reden, Donner?« fiel ich ein.

»Klar rede ich.« Er setzte sich gemütlich zurück und spielte den selbstsicheren Gauner, dem auch ein Polizeiverhör nichts ausmachen kann. »Na los, fragen Sie schon.«

Ich setzte mich ebenfalls, nahm mein Notizbuch und legte los. »Wann lernten Sie Rita Castle kennen?«

»Wollen Sie etwa Notizen machen?«

Kerrigan grinste. »So arbeitet er nun, Frank, Sie sollten sehen, wie es in seinem Büro aussieht, alles in Akten geordnet, maschinengetippte Zeugenaussagen, ganz wie bei der Polente.«

»Stört es Sie, wenn ich Notizen mache?« fragte ich Donner.

»Ach wo, ich war nur überrascht.«

»Also, wann lernten Sie Rita Castle kennen?«

»Genau weiß ich das nicht mehr. Kurz nachdem Ernie sie an Land gezogen hatte.«

»Erinnern Sie sich noch, unter welchen Umständen Sie sie zum erstenmal trafen?«

»Klar. Bei einer Party.«

»Wo war die Party?«

»Na hier, bei mir.« Er sah Kerrigan an. »Da waren Sie doch auch dabei.«

»Also Rembeck kam mit Rita zu dieser Party?« fragte ich weiter. »Und nicht mit seiner Frau? Was hielt denn Mrs. Donner davon?«

»Wissen Sie, die Rembecks haben eben ihren Ärger gehabt. Ich weiß nicht, wieweit Ihnen das bekannt ist. Eleanor ist übrigens meine Schwester.«

»Eleanor? Ist das Mrs. Rembeck?«

Er nickte. »Stimmt. Eleanor ist eine wunderbare Frau, wirklich. Das wird Ihnen jeder sagen. Aber sie hat so ihre Probleme, schon als Kind hatte sie die. Die Nerven, wissen Sie? Eleanor ist sehr empfindlich. Zu Partys geht sie überhaupt nie mehr. Meine Frau und ich, wir beide wissen Bescheid und verstehen sie. Wir wissen, daß Ernie sehr an seiner Frau hängt, aber wir begreifen auch seine Lage. Na, und da hat er eben eine Freundin, die er mit auf Partys nimmt. Schließlich sind wir alle Pärchen, ein paar verheiratet und andere wie Roger hier, der immer seine neueste Errungenschaft mitbringt. Aber ein Mann allein würde nicht zu uns passen. Ein paar von unseren Frauen würden Ernie überhaupt nicht einladen, wenn er allein käme.«

»Was hielten Sie von Rita Castle?«

»Ansehnliche Dame.«

»Und sonst?«

»Vielleicht kann Ihnen meine Frau da mehr sagen. Sie hat jedenfalls öfter mit ihr gesprochen als ich. Sie wissen doch, wie das ist, die Männer landen mit ihren Drinks in der Küche und reden über Autos und Fußball, während die Weiber im Wohnzimmer Gott und die Welt durchhecheln.«

»Na schön«, meinte ich. »Könnte ich jetzt einen Moment mit Ihrer Frau reden?«

»Mit ihr allein?« kicherte er.

»Ja.« Das überraschte ihn ehrlich. Er wandte sich erstaunt an Kerrigan. »Also auch ohne Sie, Roger?« Einen Augenblick schien es, als wollte er wieder Schwierigkeiten machen. Aber Kerrigan sprach ihm gut zu, und schließlich verließen beide das Zimmer. Etwas später kam Mrs. Donner herein. Sie lächelte schüchtern. »Wollten Sie wirklich mit mir reden?«

»Ja, Mrs. Donner. Zunächst einmal wollte ich mich für mein rüdes Benehmen vorhin entschuldigen. Aber es mußte sein.«

Sie nahm das lächelnd zur Kenntnis und bedankte sich. »Aber nun muß ich schon wieder unhöflich sein«, fuhr ich fort. »Und diesmal bitte ich schon im voraus um Verzeihung.«

Sie sagte nichts und schien sich auf das Schlimmste gefaßt zu machen.

»Glauben Sie mir«, erklärte ich, »eigentlich würde ich gern den Namen Ihres Mannes aus der Liste der Verdächtigen streichen. Das heißt, Sie wissen doch, worum es geht?«

»Um den Tod von Rita Castle«, stellte sie fest.

»Genau. Und was Ihren Mann betrifft, so stört mich nur noch eine offene Frage. Und gerade die will er nicht beantworten. Ich hoffe, Sie werden das für ihn tun.«

»Wenn ich kann ...«

»Ihr Mann legt doch offensichtlich großen Wert darauf, möglichst keine Minute ohne Sie zu sein. Und wenn das wirklich so ist, dann kann er auch nicht der Mann sein, den wir suchen. Aber wenn es alles nur Mache ist, dann ist das fast schon ein Schuldeingeständnis.«

»Es ist keine Mache, Mister Tobin, ganz bestimmt nicht. Mein Mann und ich stehen uns wirklich sehr nahe.«

»Aber es gibt einen Widerspruch, Mrs. Donner, und Ihr Mann weigert sich, ihn aufzuklären.«

»Einen Widerspruch?«

»In meinem Bericht steht, daß Sie und Ihr Mann getrennte Schlafzimmer benutzen.«

»Ach so.« Sie wurde sehr rot.

»Wenn Sie mir sagen könnten . . .«, tippte ich vorsichtig an.

»Oh – wurde er sehr böse, als Sie ihn danach fragten?«

»Allerdings. Das kann man wohl sagen.«

»Ja.« Sie zögerte, immer noch verlegen. Dann sprudelte es plötzlich aus ihr hervor: »Wissen Sie, der Grund ist, daß ich – na ja, ich schnarche eben ziemlich laut.«

Ich war in der Tat perplex.

»Ja, und es ist wirklich furchtbar«, brabbelte sie weiter, um ihre Verlegenheit zu überspielen. »Manchmal ist es so schlimm, daß ich selbst davon aufwache. Wir haben mein Schlafzimmer sogar schalldicht machen lassen. Ich war bei vielen Ärzten, aber alle sagen, man kann nichts daran ändern.«

»Tut mir wirklich leid, Mrs. Donner«, sagte ich. »Und entschuldigen Sie bitte, daß ich diese Frage stellen mußte.«

»Ach, Sie brauchen sich wirklich nicht zu entschuldigen. Ich sehe doch ein, daß Sie diesen Widerspruch aufklären mußten.«

»Vielen Dank. Wirklich sehr liebenswürdig.«

Wir gingen zusammen in die Halle, wo Donner und Kerrigan auf uns warteten. Donner sah äußerst mißtrauisch drein, als wartete er nur auf ein Zeichen, daß ich seiner Frau etwas Böses angetan hatte. Aber sie lächelte ihm beruhigend zu, schüttelte mir betont herzlich die Hand, dankte mir für mein Kommen und bat um Entschuldigung, daß sie uns nichts zu trinken angeboten hatte. Da wollte sogar Donner eine herzliche Abschiedsszene anvisieren, aber ich nahm ihm den Mut dazu, indem ich seine ausgestreckte Hand nur kurz berührte und dann fallen ließ. Ethel Donner mochte ich, so unwahrscheinlich es mir selber vorkam. Aber Frank Donner war für mich immer noch ein Gangster, mit dem mich nur ein unwillkommener Job zusammengeführt hatte.

Als wir draußen auf den Lift warteten, fragte Kerrigan mich grinsend: »Na, haben Sie's herausbekommen?«

»Ja.«

»Nichts Schlimmes hoffentlich?«

»Nichts Schlimmes.« Dabei beließ ich es, denn ich schuldete Ethel Donner wenigstens mein Schweigen.

Unten fragte ich Kerrigan: »Ist Donner nur Rembecks Schwager oder auch sein Geschäftspartner?«

»Auch sein Geschäftspartner.«

»Und was macht er?«

»Sein Fach sind die Spielautomaten. Verbotenes Glücksspiel.«

»Gibt es das in New York immer noch?«

»Na, da sollten Sie mal zusehen. Aber als Cop wußten Sie davon natürlich nichts«, meinte er grinsend, »jedenfalls nicht bei Ihrem Einkommen.«

»Ist das derselbe Frank Donner, der früher den starken Arm für die Brüder Lako machte?«

»Das war vor vielen Jahren.«

»Aber er hat sich nicht sehr geändert.«

Kerrigan zog eine Augenbraue hoch. Da dachte er anders. »Streichen Sie ihn denn wenigstens von der Liste?«

Komisch. Warum klammerte ich mich immer noch an den Gedanken, daß Donner mit Rita Castle durchgegangen war? War er ein bequemer Sündenbock?

»Nein, wir lassen ihn noch eine Weile drauf«, antwortete ich.

13

Als wir wieder im Taxi saßen, klärte Kerrigan mich über Louis Hogan auf, der auf meiner Liste an zweiter Stelle stand. Hogan war Nationaldelegierter der Vereinigten Kühlindustrie-Gewerkschaft (VKG). Früher einmal war er aber ein vollwertiges Mitglied des Gangsterklubs gewesen, der Organisation, wie Kerrigan das nannte. Die VKG hatte nicht direkt mit dem Syndikat zu tun. Die Verbindung bestand in einigen legalen Nebengeschäften der Syndikatsbosse, die sie – auch Ernie Rembeck – in Berührung mit der VKG und anderen Gewerkschaften brachte. Und Louis Hogan hatte eine Position inne, die es ihm erlaubte, seinen früheren Gangsterkumpels ab und zu einen Gefallen zu tun, gegen angemessene Belohnung, versteht sich.

Nach seinem Domizil zu urteilen, mußte die Belohnung wirklich sehr angemessen sein. In der oberen Bronx gibt es eine Wohngegend, die nur mit dem Stichwort hochexklusiv zu kennzeichnen ist. Da liegen fürstliche Luxusvillen zwischen wallenden Hügeln und majestätischen Bäumen. Swimming-pools gehörten auf diesen Grundstücken zur notwendigen Grundausstattung.

Solch einen Miniaturpalast nannte auch Hogan sein eigen. Das Taxi setzte uns am Fuß einer geschwungenen Auffahrt ab, die sich in elegantem Bogen an einem ausgeklügelten Steingarten vorbei zum Haus hinzog, das halb verborgen lag. Auf Kerrigans Klingeln öffnete ein Hausmädchen, eine junge Negerin im schwarzen Kleid mit weißer Schürze und Häubchen. Kerrigan nannte unsere Namen. Wir wurden in das Wohnzimmer geführt, wo wir des Hausherren harren durften.

Das Wohnzimmer war eher ein Saal, mit einem eleganten Kamin an der Stirnseite, tiefen Sesseln, Sofas und einer großen Fernseh-Phono-Truhe. Das einzige Bild im Raum war selbstverständlich ein Original, abstrakt. Die Signatur des Künstlers war nicht zu entziffern.

Irgendwo im Haus spielte ein Streichquartett klassische Musik. Eine große vornehme Bulldogge kam ins Zimmer geschritten und betrachtete uns mäßig interessiert. Als nach ein paar Minuten Hogan erschien, entfernte sich das Biest geräuschlos.

Louis Hogan war um die Vierzig, vielleicht etwas älter, aber noch gut in Form. Wahrscheinlich hatte er im Keller einen Gymnastikraum. Sein Haarschopf, schwarz und grau gesprenkelt, stand wie eine Bürste über dem kantigen energischen Gesicht. Er war *die* Musterreklame fürs neueste Rasierwasser und hatte mit Sicherheit den modernsten Sportwagen in der Garage. Ich bekam einen sehr männlichen Händedruck und einen Drink offeriert. Aber ich lehnte ab, ebenso wie Kerrigan.

Erst als wir in den Sesseln lagen, konnte ich mein Verhör beginnen. »Wie ich höre, stehen Sie heute zu Ernie Rembeck in eher gesellschaftlicher Beziehung. Mit anderen Worten, Sie selbst sind nicht mehr beim Gewerbe.«

»Stimmt. Das heißt, beim Gewerbe, wie Sie sich ausdrücken, war ich eigentlich nie. Sehen Sie sich doch mal meine Personalakten an, da gibt es keinen dunklen Punkt.«

»Wenn dem so ist, dann trafen Sie Rita Castle wohl das erstemal auch bei einem gesellschaftlichen Anlaß?«

»Genau. Auf einer Party bei Frank Donner.« Er sah Kerrigan an. »Da waren Sie doch auch.«

»War das die nämliche Party?« fragte ich Kerrigan.

»Ja. Es war überhaupt das erstemal, daß Ernie sich mit Rita sehen ließ.« Und zu Hogan gewandt: »Wir kommen gerade von Frank.«

Hogan schien amüsiert und auch etwas überrascht. »Ist Frank etwa auch verdächtig?«

»Finden Sie denn nicht?« konterte ich.

»Du lieber Gott, nein.«

»Machen Sie sich da besser als Verdachtsperson?«

»Viel besser.«

Nun war ich überrascht. Ich merkte, daß Kerrigan mich angrinste. »Warum?« fragte ich Hogan.

»Weil ich einer Frau das bedeuten kann, was der Mörder Rita Castle offensichtlich bedeutete. Ich habe mich schließlich in Form gehalten. Und ich bin immer noch interessiert an Frauen.«

»Mit anderen Worten, Sie sind ein richtiger Mann?«

»Das klingt nach Schnulze, aber es ist schon so.«

Kerrigan sagte leise zu mir: »Der Wortlaut der Nachricht ist nicht veröffentlicht.«

»Gut«, sagte ich ebenso leise.

Hogan sah uns nacheinander an. »Ist was?«

»Nichts von Belang«, antwortete ich. »Standen Sie zu Rita Castle in irgendeiner Beziehung?«

»Ja«, sagte er lakonisch.

»In welcher?«

»Einmal war sie hier im Haus. Wir hatten eine Party, und sie kam mit Ernie. Das war im Sommer. Draußen am Swimmingpool fing sie an, mit mir anzubändeln. Aber so, daß man meilenweit merken mußte, es war nur Schau. Ich achtete nicht weiter drauf, aber sie blieb dabei. Dann ging ich mal in die Garage. Wir haben dort eine Gefriertruhe stehen, und ich wollte frisches Eis holen. Rita kam mir nachgestiegen. Na ja, da riß mir eben die Geduld. Ich hab' sie auf den Boden drapiert und – hm – eine kleine Inspektion gemacht. Dann eröffnete ich ihr, daß ich Ernies Freund bin und sie Ernies Freundin. Und sie sollte in meinem

Haus gefälligst nicht auf Männerfang ausgehen. Danach ließ ich sie laufen.«

»Und was tat sie?«

»Sie ging hierher ins Wohnzimmer, setzte sich da auf die Couch und rührte sich den ganzen Abend nicht mehr vom Fleck. Bis Ernie sie sich zum Nachhausegehen unter den Arm klemmte.«

»Und danach passierte nichts mehr?«

»Nicht das geringste. Ich nehme an, sie hat Ernie die Sache lieber verschwiegen. Jedenfalls versuchte sie es nie wieder bei mir und in meiner Gegenwart auch nicht bei anderen. Aber nach dem, was man so hörte, konnte sie ihre Spielchen doch nicht ganz sein lassen.«

»Wie benahm sie sich danach Ihnen gegenüber?« fragte ich.

»Kühl. Wir hätten uns sowieso nicht viel zu sagen gehabt.«

»Haben Sie Ihrer Frau von der Sache erzählt?«

»Nein. Warum?«

»Wenn Sie Ritas Spielchen für Ernst gehalten hätten – wären Sie dann darauf eingegangen?«

Er überlegte eine Weile. »Ich weiß nicht recht. Schon möglich. Ernie und ich sind zwar seit Jahren befreundet, doch das wäre ein Ausnahmefall gewesen. Allerdings hätte es wohl noch von anderen Sachen abgehangen.«

»Von welchen?«

»Von meiner persönlichen Lage zum Beispiel.«

»Sie meinen, vom Grad Ihrer Inanspruchnahme?«

»Genau.«

»Sind Sie im Augenblick sehr in Anspruch genommen?«

»Es geht.«

»Können Sie mir Namen und Adresse Ihrer Beanspruchung sagen?«

Er sah vorsichtig zur Tür. »Sie wohnt in Washington.«

»Na und?«

»Sie ist verheiratet.«

»Ich werde es diskret behandeln.«

Widerwillig gab er mir Namen und Anschrift. Als ich ihn fragte, ob er einen Zeugen für diese Affäre nennen könnte, gab er mir noch widerstrebender den Namen eines Motelbesitzers in der Nähe von Washington an. Der Mann wäre ein alter Bekannter der Dame und jetzt auch sein Bekannter.

Ich schrieb mir alles auf und fragte: »Und von dort aus sind Sie am Mittwoch hierhergefahren?«

»Ja.«

»Können diese beiden Personen den Zeitpunkt Ihrer Abfahrt bezeugen?«

»Wenn es unbedingt nötig ist«, meinte er zögernd.

»Vielleicht, vielleicht auch nicht. Übrigens, ist Ihre Gattin zu Hause?«

»Nein. Sie ist auf einer Sitzung. Ach so ...«, er deutete in Richtung der Musik. »Meine Tochter«, erklärte er stolz. »Erst fünfzehn. Und dann sagt man immer, Teenager interessierten sich nur für Jazz. Dabei ist bei ihr alles Eigenbau. Ich selbst bin völlig unmusikalisch.«

Ich stand auf. »Vielen Dank. Das ist einstweilen alles.«

»Gern geschehen«, antwortete er höflich. »Wenn Sie nur etwas behutsam zu Werk gehen wollten, Sie wissen schon, in Washington ...«

Ich versprach es ihm, und wir machten uns auf den Weg.

14

Als wir über die Triborough-Brücke den Stadtteil Queens erreicht hatten, wandten wir uns nach Osten. Wir saßen wieder in einem Taxi. Unser nächster Mann war der Grundstücksmakler Joseph Lydon, der in einem Wolkenkratzer im Corona-Viertel von Queens wohnte.

Unterwegs setzte mich Kerrigan über Lydon ins Bild. Er war der Sohn eines früheren Ganovenfreundes von Rembeck. Aber der Vater, Ralph Lydon, hatte seine Einkünfte aus dem Syndikat so lange in Grundstücken angelegt, bis er nach und nach einen blühenden Grundstückskonzern aufgebaut hatte. Sein Hausbesitz lag meistens in Queens und Brooklyn und reichte von Luxusapartments bis zu trostlosen Häuserzeilen in Slumvierteln. Wie Louis Hogan, so stand auch Joseph Lydon zu Rembeck fast nur noch in gesellschaftlichem Kontakt, aber hin und wieder arbeitete auch der Grundstücksmakler noch mit dem Syndikat zusammen. Mehrere Unternehmen der Verbrecherorganisation waren in

Lydons Häusern eingemietet, und es gab auch sonst noch undurchsichtige Querverbindungen.

Der Apartmentkomplex war fast eine kleine Stadt für sich: drei schlanke Wohntürme mit Spielplätzen, Kindergarten, unterirdischen Garagen, Supermarkt und zwei Kirchen.

Lydon hatte sich im Penthouse des Hauptgebäudes etabliert. Als wir unten klingelten, trat neben der Tür ein Fernauge in Aktion, das unsere Gesichter oben ankündigte. Aus dem Lautsprecher fragte eine metallische Stimme nach unserem Begehr. Wir nannten unsere Namen. Gleich würde uns jemand in Empfang nehmen, hieß es, dann erklang der Türsummer.

Warum wir eine Eskorte brauchten, wurde bald klar. Im Lift gab es nämlich keinen Knopf für das Dachgeschoß, das nur mit einem Spezialschlüssel erreicht werden konnte. Unser Empfangskomitee bestand aus einem gebückten grauen Männchen, so nervös, als hinge sein Job davon ab, daß wir mit seinen Führerdiensten zufrieden waren. Er geleitete uns mit einer tiefen Verbeugung in den Fahrstuhl und hätte sich dann am liebsten unsichtbar gemacht.

Oben öffnete sich die Lifttür in ein mit roten Teppichen ausgelegtes Foyer. Unser Führer lotste uns durch einen Torbogen in ein Wohnzimmer von enormen Ausmaßen. Die Aussicht war natürlich überwältigend, ganz Queens und noch einiges mehr lag zu unseren Füßen. Die Häuserblocks zogen sich bis zum Horizont. Der Gedanke, daß auch ich dort unten irgendwo in der trübe beleuchteten Anonymität wohnte, machte mich fast verlegen. Ich wandte mich unwirsch von dem Panorama ab und dem Manne zu, der es täglich genießen konnte.

Joseph Lydon war um die Dreißig, klein, ein wenig plump in der Mitte, und außerordentlich teuer gekleidet. Er spielte so betont lässig mit dem Drink in seiner Hand, daß ich gleich zu Anfang gegen ihn eingenommen war. Über ziemlich feisten Backen blickten ein paar launische Äuglein in die Gegend. Dieser Mann war schon als Kind eine verwöhnte Plage gewesen und hatte nie Anlaß gefunden, sich zu ändern.

Er sah mich unverschämt an. »Ernie Rembeck hat mir von Ihnen erzählt. Sie sind also der berühmte Excop? Wie fühlt man sich da so? Wie ein verstoßener Priester?« Von Kerrigan hatte er keine Notiz genommen. Er bot uns nicht Platz an.

Ich setzte mich unaufgefordert und schlug die Beine übereinander, dann schoß ich Frage Nummer eins ab: »Wann haben Sie Rita Castle zum erstenmal gesehen?«

»Ei, ei«, machte er. »Kein unnützes Drum und Dran, was? Gleich mitten ins Thema.«

»Ich habe nicht lange Zeit für Sie.«

»Aber, aber, dann müssen wir uns freilich beeilen.« Er setzte sich mir gegenüber. »Wie lautete doch gleich Ihre intelligente Frage?«

»Wann haben Sie Rita Castle zum erstenmal gesehen?«

»Na, warten Sie . . .« Er tat, als dächte er angestrengt nach. »Etwa vor drei Wochen.«

Ich sah Kerrigan an, dann wieder Lydon. »Vor drei Wochen? Zum erstenmal?«

»Ach, zum erstenmal, meinen Sie? Ich dachte, Sie hätten nach dem letztenmal gefragt.« Er fand das offenbar recht komisch.

»Wenn Sie genau zuhören, Lydon, sparen wir Zeit.«

»Aber sicher, Sie haben ganz recht.« Immerhin konnte ich durch die Unverschämtheit auf seiner Visage ablesen, daß ihm meine Art doch unter die Haut gegangen war. Er mochte mich ebensowenig wie ich ihn, und das war mir gerade recht.

Er sagte: »Zum erstenmal? Das war vor etwa anderthalb Jahren.«

»Wo?«

»Hier. Ernie brachte sie zu einer Party mit.«

Ich fragte Kerrigan: »Also war Lydon nicht mit auf der berühmten Donner-Party?«

Lydon selbst gab die Antwort. »Bei Frank Donner? Denken Sie etwa, ich ginge zu diesen langweiligen Besäufnissen? Nee, vielen Dank.«

»Waren Sie nicht eingeladen, oder hatten Sie nur keine Lust?«

»Frank Donner und ich verkehren kaum miteinander.«

»Und was war, als Sie Rita Castle das letzte Mal sahen? Vor drei Wochen? Wo war das?«

»Bei ihr. Es war nach der Premiere einer Revue, in die einige von uns investiert hatten. Ernie gab hinterher eine kleine Party in Ritas Apartment.«

»Wer war noch da?«

Er zuckte die Schultern. »Ein paar vom alten Haufen. Lou

Hogan, Fritz Kenn und Jack Harper, Eustace Canfield und vielleicht noch andere.«

Kenn und Harper standen auch auf der Liste, hatten aber einwandfreie Alibis, ebenso wie Canfield, der Anwalt. »Hatten Sie alle Damengesellschaft?«

Er kicherte. »Bei Ihnen piept's wohl. Damengesellschaft! Schließlich war es eine Premiere, also ein Reservat für die lieben Eheweiber. Sogar Lou hatte seine Alte dabei.«

»Sie sind doch verheiratet?«

»Man sieht mir das also an?«

»In dem Bericht heißt es, Sie hätten die Mittwochnacht bei Ihrer Geliebten verbracht. Junggesellen pflegen selten von ihren Geliebten zu reden, allenfalls von ihren Freundinnen.«

»Ganz der alte Sherlock Holmes«, äffte er; und zu Kerrigan gewandt: »Siehste, was sich Ernie da eingekauft hat? Einen richtigen Sherlock Holmes.«

»Ist Ihre Frau da?« fragte ich.

»Nein«, war die lakonische Antwort. »Ich weiß auch nicht, wo sie ist. Wie immer. Wenn Sie mit ihr reden wollen, kann ich ihr ja eine Notiz hinterlassen. Vielleicht meldet sie sich dann, vielleicht auch nicht.«

»Danke, nicht nötig«, antwortete ich. »Jedenfalls im Moment nicht. Was hielten Sie von Rita Castle?«

»Rita?« Er zuckte gleichgültig die Schultern. »Na ja, halt eins von diesen Ponys. Ich bezweifle, daß wir mehr als ein Dutzend Worte gewechselt haben.«

»Hat sie nie mit Ihnen geflirtet? Auch nicht zum Spaß?«

»Absolut nicht. Vielleicht mit anderen, aber nicht mit mir.«

»Wie häufig haben Sie sie gesehen?«

»Na, einmal im Monat, würde ich sagen. Vielleicht auch seltener. Immer auf Partys, sonst nie.«

»Na schön.« Ich stand auf. »Vielen Dank für Ihre wertvolle Zeit.« Ich wandte mich zum Ausgang, und Kerrigan folgte mir.

Lydon kam uns nach. Er schien plötzlich ziemlich verwirrt. »Ist das schon alles? Weiter wollen Sie nichts wissen?«

»Vielleicht später noch«, antwortete ich über die Schulter. Wir durchquerten das fürstliche Foyer, und ich drückte auf den Fahrstuhlknopf.

»Das geht alles so abrupt«, meinte Lydon neben mir nervös.

Seine Lässigkeit war spurlos verschwunden. »Sie kommen rein und gehen wieder, und ich konnte Ihnen nicht einmal einen Drink anbieten.«

»Trotzdem vielen Dank«, meinte ich.

Der Lift kam an, wir stiegen ein, und ich drückte den Knopf fürs Erdgeschoß. Die Tür glitt geräuschlos zu und versperrte mir die Aussicht auf Joseph Lydons völlig konsterniertes Gesicht.

Auf der Fahrt nach unten kratzte sich Kerrigan nachdenklich das Kinn. »Mit Rita hat er uns natürlich angelogen.«

»Das kommt mir auch so vor.«

»Sie hat doch mit jedem angebändelt, der ihr über den Weg lief«, stellte er fest. »Warum nicht auch mit Lydon?«

»Wahrscheinlich log er, weil er auf ihre Offerten eingegangen ist«, sagte ich.

»Glauben Sie, daß Lydon unser Mann ist?«

»Keine Ahnung.«

»Er scheint aber bisher unser bester Fisch zu sein.«

»Möglich.« Ich brauchte Kerrigan ja nicht auf die Nase zu binden, daß er selbst in meinen Augen ein noch viel besserer Fisch war. Jedenfalls konnte er weit eher Ritas »richtiger« Mann gewesen sein als Joseph Lydon.

Und außerdem beschäftigte ich mich zur Zeit weniger mit Rita Castle und Joseph Lydon als mit mir selbst. Und was ich da merkte, bereitete mir sarkastisches Vergnügen: Ich benahm mich wie ein altes Schlachtroß, das die Trompete gehört hat. Mein Interesse an der Sache wurde immer stärker, ganz gegen meinen Willen. Ich war direkt ungeduldig, die anderen Verdächtigen kennenzulernen und in ihrem Privatleben herumzuschnüffeln.

Und Ritas Abschiedsnachricht. Die mußte ich unbedingt auch noch einmal unter die Lupe nehmen.

15

Ein Verhör stand für diesen Abend noch aus: Paul Einhorn, der Fluglinienangestellte. Wir suchten uns wieder ein Taxi und fuhren zurück nach Manhattan. Unterwegs bekam ich von Kerrigan die übliche Einführung.

Wie Lydon gehörte auch Einhorn zur zweiten Syndikats-

Generation. Der Vater war reguläres Mitglied gewesen, der Sohn hielt sich zurück. Aber im Gegensatz zu Lydon war Einhorn Junggeselle. Außerdem lebten sein Gangstervater und zwei Gangsteronkels noch. Einhorn selbst hatte aus eigener Kraft mit der Bande gebrochen und sich dabei nicht, wie Lydon, auf die gesammelten Reichtümer seines Vaters stützen können.

»Paul ist das, was Sie eine ehrliche Haut nennen würden«, erklärte Kerrigan. »Er macht nur einwandfreie Sachen und rakkert sich für seine Fluggesellschaft ab. Aber durch seinen Vater und die beiden Onkels hat er immerhin noch Kontakt zu uns. Er findet es aufregend, Umgang mit Gangstern zu haben.« Das kam sehr sarkastisch heraus.

»Und man macht keine kleinen Geschäfte nebenbei, wie mit Lydon?«

»Nicht die Spur«, antwortete Kerrigan. »Warten Sie, bis Sie ihn kennenlernen, dann wissen Sie auch den Grund dafür.«

»Müßte ich von seinem Vater gehört haben?«

»Weiß nicht. Mike Einhorn hat vor vielen Jahren hier in der City gearbeitet, genau wie seine Brüder.«

»Und wo sind sie jetzt?«

»In Florida.«

»Immer noch beim Verein?«

Kerrigan grinste. »Immer noch.«

»Aber der Sohn nicht.«

»Ich sage doch, warten Sie, bis Sie ihn sehen.«

»Eigenartig«, überlegte ich laut, »mir scheint, wir bewegen uns immer weiter von der Organisation weg, je mehr Leute ich verhöre. Hat Rembeck denn überhaupt keine Geschäftsfreunde?«

Kerrigan zuckte die Schultern. »Na, da bin doch ich. Und Eustace Canfield. Und denken Sie an den Buchhalter, Pietrojetti. Auf der Liste standen noch mehr, aber die hatten alle wasserdichte Alibis.«

»So ein Zufall.«

»Würde ich nicht sagen«, meinte Kerrigan. »Jemand, der in der Organisation ist, achtet von selbst darauf, daß er immer abgesichert ist. Nur so, für alle Fälle. Man lebt, als ob man am nächsten Tag vor Gericht für alles geradestehen müßte.«

»Mit anderen Worten, die Alibis könnten gedreht sein?«

»Nein. Aber Leute, die gewöhnt sind, von der Polizei belästigt zu werden, lernen bald, sich an jede Minute des Tages genau zu erinnern. Ich meine, sie wissen immer, wo sie zu der und der Zeit gewesen sind, und können es auch nachweisen.«

Ich hätte ums Haar sauer reagiert, von wegen Belästigung durch die Polizei. Aber ich konnte mich gerade noch bremsen. Erstens stimmte es ja wirklich: Die Cops konnten gewissen Leuten, auf die sie einmal scharf waren, das Leben verdammt schwermachen; manchmal sprang ja auch etwas dabei raus. Und zweitens: Was scherte es mich denn noch, wie man über die Polizei dachte?

Paul Einhorn wohnte in Greenwich Village, jenem einstmals romantischen Winkel der City, bei dem sich aber alles bis auf den Namen geändert hat. Die Künstler, Dichter und Bohemiens, die das Village berühmt gemacht haben, sind in alle Winde zerstreut. Jetzt hausen da junge Vertreter der gutbürgerlichen Mittelklasse, und man hat ihnen moderne Apartmenthäuser hingebaut. Immerhin können sie sich noch mit der Adresse brüsten.

In einem dieser Neubauten stöberten wir Paul Einhorn auf. Er war voll wie eine Haubitze und kam uns wankend entgegen. »Konnte nich' solang' wart'n«, verkündete er lallend. »Mußte schon anfang'n. Kommse rein, vielleicht könnse mich einholen.«

Er schaukelte uns voran ins Wohnzimmer, sein Drink schwappte über. Das Wohnzimmer war modern geschnitten und spärlich möbliert; die Fenster gingen auf den Sheridan Square.

Einhorn machte sich an einer kleinen Hausbar zu schaffen. Er trug eine makellose schwarze Hose, Fliege und weiße Smokingjacke, nur Schuhe und Strümpfe fehlten. Er mochte an die Fünfundzwanzig sein und hatte sandfarbenes Haar, das schon dünner wurde. Im ganzen eine große schlanke Gestalt, gut aussehend, aber etwas lasch. Ein Errol-Flynn-Schnurrbärtchen wirkte an ihm geradezu mitleiderregend.

»Was wollnse denn trinken, Gentlemen?« fragte er über die Schulter. Er hielt sich nur noch mühsam auf den Beinen.

»Machen Sie ihm mal Dampf«, sagte ich zu Kerrigan.

Der nickte grinsend und ging zur Bar. Dort sprach er eindringlich auf Einhorn ein. Der stand vornübergebeugt, Kinn auf die Brust gesenkt. Entweder lauschte er andächtig, oder er schlief bereits.

Ein Stereogerät gab leisen Jazz von sich. Ich ging zum Fenster und sah auf den Platz hinunter.

»Mister Tobin«, erklang es nach einer Weile hinter mir. Das war Kerrigan. Ich drehte mich um.

Einhorn stand am Telefon und wählte überaus konzentriert eine Nummer. Kerrigan sagte: »Paul ruft im Restaurant an der Ecke an. Er bestellt Kaffee. Wollen Sie auch welchen?«

Er zwinkerte mir zu, ich sollte Einhorn den Gefallen tun. Deshalb sagte ich: »Danke, gern. Schwarzer Kaffee würde mir guttun.«

Einhorn war endlich mit Wählen fertig. Kerrigan ging zu ihm und half die Bestellung aufgeben. Was er dem jungen Mann auch gesagt hatte – es hatte seine Wirkung nicht verfehlt. Einhorn blickte nahezu nüchtern in die Gegend, mit großen ängstlichen Augen.

»Paul, warum machst du dich nicht mal frisch?« fragte Kerrigan. »Wir warten solange. Dann fühlst du dich viel besser.«

»Glänzende Idee«, murmelte Einhorn. »Prima.«

Unter wiederholtem Kopfnicken steuerte er vorsichtig die Tür an.

Kerrigan trat zu mir. »Er wird schon zu sich kommen. Aber besser, wir warten, bis der Kaffee da ist, ehe wir ihm zusetzen.«

»Schön.«

»Ich habe ihm gedroht, wenn er sich nicht zusammennimmt, wird Ernie sich bei seinem Vater beschweren. Dann müßte er wieder zu dem Alten nach Florida ziehen.«

»Hat er Ärger mit seinem Vater?«

»Die beiden sind völlig verschieden.« Kerrigan mußte wieder grinsen. »Wissen Sie, ich habe Paul immer für ein Milchbübchen gehalten. Jedenfalls können Sie jetzt selbst sehen, warum die Organisation auch gar keinen Wert auf seine Mitarbeit legt.«

»Ist das häufig so mit ihm?«

»Wenn Sie meinen, ob das sein Dauerzustand ist, dann haben Sie ganz recht.«

Die Jazzplatte war abgelaufen. Es klickte ein paarmal im Apparat, dann ertönte eine Gitarre. Ich sah wieder auf den Platz hinunter. Quer über die Straße kam ein weißgekleideter Laufbursche auf das Haus zu. In der Hand trug er eine große Papiertüte mit unseren Sachen.

Als er klingelte, war von Einhorn noch nichts zu sehen. Kerrigan nahm die Sachen entgegen und zahlte. Er stellte die Tüte vorsichtig auf einen Tisch. »Will mal nach Paul sehen.«

»Gut.«

Ich stand am Fenster, beobachtete die Straße und ließ die Musik auf mich wirken. Und spielte ein altes Spiel. Es heißt wie alles hätte werden können und wird mit Vorliebe von Leuten gespielt, denen alles danebengegangen ist. Abendstimmung und Gitarrenmusik passen gut zu diesem Spiel.

Was wollte ich hier in diesem tristen Raum? Warum starrte ich auf die triste Straße nieder und stöberte in tristen Privatgeschichten herum? Was sollte das alles?

Ich versuchte, das Fenster aufzubekommen. Da kam Kerrigan angerannt. »Paul ist verschwunden«, rief er.

»Ich weiß«, antwortete ich und kämpfte immer noch mit dem widerspenstigen Fenster. »Da unten läuft er gerade.«

Ja, da lief er, jetzt in Schuhen und Strümpfen. Bevor ich das verdammte Fenster offen hatte, war er in ein Taxi geklettert und um die Ecke verschwunden.

16

»Hoffentlich stören wir Ihre Frau nicht«, sagte ich zu Ernie Rembeck.

»Die ist nicht da.« Er war ungeduldig und nervös. »Nun kommen Sie schon rein und berichten Sie.«

Im Grunde wußte er bereits alles. Kerrigan hatte ihn telefonisch informiert, gleich aus Einhorns Apartment. Aber Rembeck hatte darauf bestanden, wir sollten sofort zu ihm kommen, damit er die ganze Geschichte erfuhr. Ich hatte zugestimmt, denn es gab da noch einige Dinge, die ich Rembeck ohnehin fragen wollte.

Der Leibwächter ließ uns herein. Er war genauso förmlich gekleidet wie das letzte Mal und sah genauso gefährlich aus — ein über und über mit Muskeln bepackter Rugbyspieler mit Killerambitionen. Diesmal wurden wir aber nicht ins Büro geführt. Die Unterredung fand vielmehr in Rembecks »Bibliothek« statt, einem Raum, der mit tiefen Ledersesseln und eingebauten Bücherschränken protzte und weit eher wie der Ruheraum eines altmodischen englischen Klubs anmutete. Es fehlten nur zwei oder drei alte Colonels, die über ihrer *Times* dösten.

Rembeck, der vor Ungeduld fast platzte, bestand nichtsdestoweniger darauf, den Wirt zu mimen. Ich ließ mich zu einem Scotch mit Wasser überreden. Kerrigan wollte Bourbon auf Eis. Der Rugbyspieler dampfte ab, um die Getränke zu holen. Rembeck hatte schon einen Brandy dastehen.

Jetzt saßen wir alle drei wie frisch zugelassene Klubmitglieder in den enormen Sesseln herum. Rembeck drängte mich, ihm alles zu berichten. »Sie wissen es doch. Wir haben Ihnen die ganze Sache am Telefon mitgeteilt.«

»Dann erzählen Sie es noch mal.«

»Als wir kamen, war er betrunken. Kerrigan machte ihm etwas Dampf, Einhorn bestellte Kaffee und ging sich dann frisch machen. Kerrigan hatte ihm das empfohlen.«

Rembeck sah Kerrigan scharf an. »Warum?«

Ich fiel ein: »Weil es genau das richtige für Einhorn war. Wenn Kerrigan es nicht getan hätte, dann ich. Was Einhorn brauchte, war eine Ladung Wasser ins Gesicht, und zwar eine geballte. Als der Kaffee kam, wollte Kerrigan Einhorn holen. Aber der war weg. Ich sah aus dem Wohnzimmerfenster, und gerade als Kerrigan mit der Neuigkeit auftauchte, lief Einhorn unten aus dem Haus und stieg in ein Taxi.«

»In welche Richtung fuhr er?«

»Nach Süden, aber das spielt keine Rolle. Denn die siebte Avenue ist ohnehin Einbahnstraße in südlicher Richtung.«

Rembeck kaute wütend an seiner Zigarre. Schließlich meinte er: »Na und? Da haben wir ihn wohl?«

»Wen haben wir?«

»Verdammt noch mal, den Mann, der Rita umgebracht hat. Glauben Sie nicht, daß Einhorn es war?«

»Ich weiß nicht.«

»Aber es sieht doch ganz danach aus. Schließlich hat er 'ne Fliege gemacht.«

»Er war betrunken«, gab ich zu bedenken. »Und soviel ich höre, hat er Angst vor seinem Vater.«

Kerrigan unterbrach mich. »Ich hab' dem Jungen gesagt, wenn er nicht mitspielte, würde ich dir Bescheid geben, Ernie. Und du würdest es Mike weitererzählen. Dann müßte er wahrscheinlich wieder nach Florida.«

»Diese Schwachköpfe«, sagte Rembeck angewidert.

»Wer?« fragte ich. »Paul Einhorn und sein Vater?«

»Ach wo, Mike Einhorn und seine blöden Brüder. Kein Wunder, daß der Junge so verpfuscht ist.«

»Was ist mit den Einhorns?«

Aber Rembeck war zu wütend für lange Erklärungen. »Was soll's? Die kriechen in Florida rum, Himmelherrgott, die können Rita doch gar nicht ermordet haben.«

»Immerhin kann es aber der Sohn gewesen sein. Also berichten Sie mir von seinem Elternhaus in Florida. Warum hat er Angst davor?«

Rembeck brachte seine Wut mühsam unter Kontrolle. »Es gibt drei Brüder Einhorn, Mike, Sam und Alex. Die hausen zusammen und halten sich für die größten Kerle der Welt. Freistilringen und Bodybuilding, Sie kennen ja den Typ. Außerdem haben sie da noch einen Swimming-pool, darin hetzen sie sich den ganzen lieben Tag hin und her. Oder sie schnappen sich in Miami eine Hure und schließen Wetten ab, wer am längsten kann.«

»Die reinsten Muskelprotze«, warf Kerrigan ein. »Paul ist da ganz anders.«

»Allerdings«, fauchte Rembeck. »Das genaue Gegenteil, schlapp und pervers, darauf gehe ich jede Wette ein.«

»Wo ist seine Mutter?« fragte ich.

Rembeck zuckte die Schultern. »Keine Ahnung. Sie war irgendeine Nutte, die sich Mike im Vollsuff geschnappt hatte. Sie machte sich aus dem Staub, als Paul noch in der Wiege lag.«

»Auf meiner Liste steht, daß Paul Angestellter einer Fluglinie ist. Was steckt dahinter?«

»Er arbeitet für die Transocean. Macht da Public Relations.«

»Hat Ihre Organisation ihm den Job verschafft?«

»Nein, das war er selber. Wahrscheinlich in irgendeiner Bar, durch irgendeinen Saufkumpan. Paul ist einer von den studierten Lackaffen, und die bekommen immer einen bequemen Schreibtischjob, wenn sie es darauf anlegen. Als Werbeleute oder in Anzeigenabteilungen, Sie wissen schon, welche Art ich meine.«

»Und mit der Organisation steht er nur durch seinen Vater in Verbindung?«

»Ja.«

»Benutzen Sie ihn nicht selbst zum Schmuggeln oder ähnlichen Sachen?«

»Wen, Paul?« Rembeck lachte höhnisch. »Sie haben ihn doch selbst erlebt. Würden Sie ihm einen wichtigen Auftrag anvertrauen?«

»Nein, allerdings nicht.«

»Wir auch nicht. Er hat uns seine Dienste nie angeboten, und wir konnten uns auch hüten, ihn darum zu bitten.«

»Mir hat er es aber angeboten«, warf Kerrigan ein.

Wir sahen ihn überrascht an. »Wann war das?« fragte Rembeck.

»Vor ein oder zwei Jahren, gleich nachdem er den Job hatte. Es war bei irgendeiner Party. Da machte er sich an mich ran und sagte: ›Wenn du was aus Europa brauchst, alter Junge, sag's mir nur. Bekommst es zollfrei und ohne Scherereien.‹ Er war voll bis obenhin. Ich sagte, ich käme darauf zurück, dann haben wir nie mehr davon gesprochen.«

»Mir hat er nie ein Angebot gemacht«, sagte Rembeck.

»Sein Vater und sein Onkel«, warf ich ein. »Sind die im Ruhestand?«

»Die?« Rembeck lachte. »Ganz und gar nicht. Organisieren da unten illegale Spielhöllen. Ein blühendes Geschäft in Florida.«

»Kommen sie manchmal nach New York?«

»Ein-, zweimal im Jahr vielleicht.«

»Aber Rita Castle kannten sie nicht?«

Rembeck schnaubte verächtlich. »Das wäre ja noch schöner. Diese Gangster würde ich nicht mal meiner Putzfrau vorstellen.«

»Na schön. Können Sie ein Suchkommando nach Paul Einhorn ausschicken?«

»Darauf können Sie Gift nehmen. Ist längst erledigt.«

»Ehrlich gesagt, glaube ich nicht, daß er unser Mann ist«, meinte ich. »Deshalb sollten Sie ihn glimpflich behandeln.«

»Keine Bange. Die Boys sollen nichts anderes tun als ihn aufstöbern.«

»Okay.«

Rembeck hatte jetzt genug Dampf abgelassen. Er nippte an

seinem Brandy und fragte: »Haben Sie heute abend etwas erreicht?«

»Ich habe einige Leute besucht. Zu berichten gibt es im Augenblick weiter nichts.«

»Die Alibis von den sechs anderen habe ich morgen früh zusammen«, versprach er. »Soll ich Ihnen die Berichte ins Büro schicken?«

»Ja, tun Sie das. Ab neun ist jemand da.«

»Wird gemacht. Ich habe übrigens etwas über Ihre Tätigkeit durchsickern lassen, vorsichtig natürlich. Wenn jemand irgend etwas weiß oder erfährt, soll er sich mit Ihnen in Verbindung setzen.«

»Okay.« Ich stellte mein Glas hin. »Es gibt noch ein paar Dinge, über die ich morgen mit Ihnen sprechen wollte. Aber da wir gerade hier sind, kann ich das auch jetzt erledigen.«

»Schießen Sie los.«

»Ich habe Ihnen doch berichtet, daß zwei von der Mordkommission bei mir waren. Einer davon deutete an, Sie selbst könnten Rita Castle umgebracht haben. Dann hätten Sie mich engagiert, um die Sache zu verschleiern. Ich habe gleich gesagt, daß ich das nicht glaube, und ich glaube es auch jetzt noch nicht. Aber es könnte immerhin so gewesen sein: Rita ging Ihnen durch, Sie fanden sie, brachten sie um und steckten das Geld ein. Dann benutzten Sie mich, um ein bißchen Rauch über die Spuren zu blasen.«

Rembeck schien ehrlich amüsiert. »Ist das etwa mein Stil?«

»Nein«, gab ich zu. »Aber ich möchte an jede Möglichkeit gedacht haben. Und nichts offenlassen.«

»Was heißt das?«

»Das heißt, ich bin scharf auf Ihr Alibi für Mittwoch nacht. Können Sie den Bericht darüber morgen mitschicken?«

»Mein Alibi? Das können Sie jetzt gleich hören.«

»Es von Ihnen zu hören, reicht mir nicht. Es muß belegt sein.«

Er schüttelte den Kopf. »Beweisen wird Ihnen das niemand können. Ich bin Mittwoch nacht hier gewesen, allein für mich. Nicht einmal Eleanor, meine Frau, kann das bezeugen. Sie war nicht da.«

»Wo war sie?«

»Zu Besuch bei Freunden.«

»Wo sie jetzt auch ist?«

»Sie bleibt zwei Wochen.«

»Wann fuhr sie weg?«

»Warum? Was ändert das?«

»Wahrscheinlich gar nichts. Aber ich möchte es wissen. Also wann?«

»Am Sonntag. Ich mußte Sonntag abend nach Baltimore fliegen. Als ich abreiste, ging sie zu ...« Er unterbrach sich. »Sie ging zur gleichen Zeit wie ich. Können wir das nicht erledigt sein lassen? Es hat mit dem Fall nichts zu tun.«

»Ihre Frau kannte Rita Castle nicht?«

»Selbstverständlich nicht! Für wen halten Sie mich?«

»Sind Sie da ganz sicher?«

»Völlig sicher. Ich hab' Ihnen doch schon gesagt, wie ich zu meiner Frau stehe. So etwas würde ich ihr nie antun.«

»Und ihr Bruder? Könnte der ihr von Rita Castle erzählt haben?«

»Frank Donner? Lächerlich. Der weiß doch, wie's im Leben so ist.«

»Na schön. Dann wäre da noch George Lewis, Ihr Freund an der Westküste.«

»Was ist mit dem?«

»Er kannte Rita immerhin. Verifizieren Sie, daß er Mittwoch nacht wirklich an der Westküste war.«

»Wird gemacht. Sonst noch was?«

»Jetzt nichts mehr.«

Wir tranken aus, und Rembeck klingelte dem Rugbyspieler. Er selbst blieb nachdenklich in seinem Klubsaal sitzen.

Im Foyer hielt ich inne. Ich nahm den Muskelmann unter die Lupe und fragte: »Um welche Zeit kam Mister Rembeck Mittwoch nacht nach Hause?«

Der Mann sah mich überrascht an. Dann wandte er sich schweigend zu Roger Kerrigan um. Der runzelte die Stirn, zögerte sichtlich, nickte aber dann kurz. »Gegen vier Uhr, Sir«, ließ sich der Rugbyspieler vernehmen.

»Danke.«

»Damit brauchen Sie Ernie nicht zu belästigen«, sagte Kerrigan. »Daß Sie uns das gesagt haben, meine ich. Kapiert?«

»Sehr wohl, Sir.«

Wir verließen den Luxuskäfig. Unten wollte Kerrigan wissen: »Wie kamen Sie auf diese Frage?«

»Ich hatte gleich das Gefühl, daß Rembeck log.«

»Wieso?«

»Er war zu unbekümmert damit bei der Hand, daß er für sein Alibi keine Zeugen hätte. Wäre die Geschichte wahr gewesen, hätte er uns nämlich zumindest seine Leibwache als Zeugen nennen müssen.«

Kerrigan dachte nach. »Das muß ich jetzt ganz genau mitbekommen. Also glauben Sie doch, daß Ernie es war? Wie Ihr Bullenfreund schon sagte?«

»Nein. Ich glaube, Ernie log aus einem anderen Grund. Kommen Sie mit und helfen Sie mir, das auseinanderzuklamüsern.«

Wir gingen schweigend den kurzen Weg zu Rita Castles Apartmenthaus. Als wir das erstemal dagewesen waren, hatte ich bemerkt, daß der Portier Kerrigan offensichtlich kannte und wußte, in welcher Beziehung er zu Rembeck stand. Darum bat ich Kerrigan jetzt, den Mann dazu zu bringen, daß er mir meine Fragen beantwortete. »Ich weiß zwar nicht, was das soll, aber meinetwegen«, willigte Kerrigan zögernd ein.

Er gab dem Portier einige Erklärungen, ohne aber die Katze aus dem Sack zu lassen. Dann übernahm ich die Gesprächsführung. »Denken Sie mal an die erste Hälfte dieser Woche. Da war Mister Rembeck doch mehrmals hier, oder? Immer für längere Zeit und allein, stimmt's?«

»Jawohl, Sir«, stotterte der Mann. Der hatte eine Heidenangst und schien davon überzeugt zu sein, daß es ihm an den Kragen ging, egal, was er sagte.

»Kam er auch Mittwoch abend her?« fragte ich weiter.

»Jawohl, Sir.«

»Um wieviel Uhr?«

»Gegen elf.«

»Und wann ging er wieder?«

»Gegen vier, schätze ich.«

»Schätzen Sie?«

»Na, vielleicht fünf vor vier.«

»Danke.«

Als wir wieder auf der Straße standen, war Kerrigan sichtlich verwirrt. »Ich verstehe überhaupt nichts mehr.«

»Die Erklärung liegt in Rembecks Charakter. Im Grunde ist er sehr sentimental, er will nur nicht, daß jemand das merkt. Als Rita ihn verlassen hatte, mußte er immer wieder in ihre Wohnung gehen. Da saß er dann mutterseelenallein herum und grübelte.«

»Und wartete darauf, daß sie zurückkam?«

»Nein, das wohl weniger. Er dachte nur an sie, erinnerte sich, wie sie war. Lief in der Wohnung herum und hing seinen Gefühlen nach. Jetzt schämt er sich über seine Sentimentalität und will nicht, daß jemand davon erfährt.«

»Das hätte ich Ernie nie zugetraut«, meinte Kerrigan gedehnt.

Eine große Limousine hielt neben uns am Bordstein. Rembeck kam wie ein Gummiball herausgehüpft und trat dicht an mich heran. Er zitterte vor Wut. »Ha! Dacht' ich mir's doch, daß ich Sie hier erwischen würde! Was soll das, einfach meine Leute zu löchern?«

»Sie haben uns mit einer sinnlosen Lüge Knüppel zwischen die Beine geworfen, Rembeck. Ich mußte das aufklären, ehe ich meine Nachforschungen fortsetzen konnte.«

»Und damit verschwenden Sie Ihre Zeit!« brüllte er, aber ich unterbrach ihn: »Nein, *Sie* verschwenden meine Zeit. Wenn Sie anständige Arbeit von mir verlangen, dann beantworten Sie meine Fragen wahrheitsgemäß.«

Er wollte wieder aufbrausen, besann sich aber. Plötzlich wandte er sich an Kerrigan. »Gute Nacht, Roger.«

Kerrigan war perplex, aber er hielt sich tapfer. »Okay, Ernie. Bis morgen dann.« Und an mich gewandt: »Um welche Zeit fangen wir an?«

»Weiß ich noch nicht genau. Rufen Sie mich doch gegen zehn im Büro an.«

»Wird erledigt.« Er machte sich aus dem Staub. Als er weit genug entfernt war, sagte Rembeck zu mir: »Also gut, Sie haben recht. Ich hielt die Angelegenheit für nicht so wichtig. Schließlich weiß ich doch, daß ich nicht Ritas Mörder bin.«

»Aber ich muß das auch wissen, darauf kommt es an.«

»Stimmt, okay. Sind Sie jetzt überzeugt?«

»Ja.« Ich sah, wie der Portier ängstlich aus der Tür linste. »Warum gehen Sie nicht mal eben zu ihm«, forderte ich Rembeck auf, »und beruhigen ihn. Sagen Sie ihm, daß er richtig daran getan hat, uns Auskunft zu geben. Der Mann ist ganz verstört.«

»Na schön. Soll ich Sie nachher mitnehmen?«

»Ja. Zur U-Bahn am besten.«

»Wird gemacht.«

Die Sache mit seinem Alibi für Mittwoch nacht erwähnten wir nicht mehr.

17

Am Sonnabend weckte mich Regen, der an mein Schlafzimmerfenster klatschte. Ich dachte sofort an das Loch im Hof und beeilte mich, in meine Kleider zu kommen. Das Loch mußte sofort mit Zeltplanen abgedeckt werden. Von nun an mußte ich mich vor Regen sehr in acht nehmen, damit mir das Wasser nicht die ganze Sache verdarb, etwa den noch feuchten Beton verformte oder den Boden auswusch. Das war wirklich ein Problem.

An den anderen Job dachte ich erst viel später, als ich bei meiner ersten Tasse Kaffee in der Küche saß. Kate lief im Morgenmantel umher und bereitete das Frühstück. Plötzlich fiel mir ein, was sich hier zu Hause geändert hatte: Kate ging heute nicht zur Arbeit. Und warum nicht? Weil zur Abwechslung mal ich wieder der Brötchenverdiener war.

Aber der Gedanke heiterte mich nicht auf. Dabei hatte mich die neue Arbeit gestern doch wirklich zu interessieren begonnen. Das Herumschnüffeln in der Welt der Rembecks, Donners und Kerrigans hatte mir ganz neue Einblicke gebracht. Doch war an diesem Morgen sämtliche Begeisterung erloschen. Ich wünschte mir nichts sehnlicher, als mich ganz auf die Mauer konzentrieren zu können und den Problemen, die der Regen aufwarf. Statt dessen griff die andere Sache nach mir, die Beschäftigung mit diesen widerlichen Leuten und die sinnlose Suche nach dem Mörder eines leichten Mädchens. Was ging mich Rita Castle an? Was kümmerte mich überhaupt diese ganze elende Organisation?

In meiner verdrießlichen Laune spielte ich sogar mit dem Gedanken, Ernie Rembeck seine fünftausend Dollar zurückzuschikken. Ich konnte sie ihm telegrafisch überweisen, brauchte dazu nicht einmal nach Manhattan zu fahren. Aber ich sah Kate an und wußte, daß ich das nie tun konnte. Wenn ich die Sache abgab, versetzte ihr das einen zweifachen Schock: Einmal mußte sie dann wieder arbeiten, und außerdem hatte sie doch so große Hoffnungen in diesen Job gesetzt, von dem sie glaubte, daß er mich aus meiner lähmenden Lethargie reißen würde.

Also versuchte ich notgedrungen, mich wieder auf die Sache zu konzentrieren, und nach einiger Zeit gelang es mir auch. Im Geist ließ ich die fünf Verdächtigen, die ich bis dahin verhört hatte, vor mir aufmarschieren. Kam überhaupt einer davon in Frage?

Da war zunächst Einhorn. Zugegeben, er hatte Hals über Kopf das Weite gesucht. Aber das war wohl mehr ein Zeichen seiner Charakterschwäche als ein Eingeständnis von Schuld. Bei ihm handelte es sich offensichtlich um einen jungen Mann, der vor allem und jedem davonrennen würde. Und besonders schnell und weit vor etwaigen Offerten, dic ihm Rita Castle gemacht haben mochte. Nein, Einhorn war als Mörder wenig überzeugend.

Und Hogan? Er hatte kein Hehl daraus gemacht, Rita in der Garage näher »inspiziert« zu haben. Aber auch sein Charakter paßte nicht zu dem Mann, den ich suchte. Hogan war zu selbstbeherrscht, zu kühl kalkulierend, durch und durch ein Maschinenmensch. Den Mörder aber stellte ich mir als emotionellen Typ vor, als einen Burschen, der seine Gefühlsprobleme wie auch seine finanziellen Sorgen mehr impulsiv zu lösen versuchte. Das eine oder das andere, oder auch beides zusammen, hatten schließlich zu der Tat im Motel geführt.

Dann kam Lydon, der Grundstücksmakler mit der grandiosen Aussicht. Gefühlsmäßig schien er schon ins Bild zu passen, in anderer Beziehung jedoch weniger. Daß Rita Castle mit Einhorn oder auch mit Hogan durchging, konnte ich mir noch vorstellen: Mit ersterem, weil sie ihn leicht unter den Daumen bekam, und mit letzterem aus genau dem umgekehrten Grund. Aber mit Lydon? Nein, das paßte nicht. Außerdem war es gut möglich, daß Geld das Hauptmotiv der Tat bildete. Und wenn es Lydon auch sonst an einigem fehlte, Geld hatte er bestimmt im Überfluß oder konnte es sich doch auf weit unriskantere Weise beschaffen.

Bei meiner vierten Verdachtsperson, Rembecks Schwager Frank Donner, war ich in einem Dilemma. Von ihm konnte ich mir überhaupt kein richtiges Bild machen. Sein Eheleben schien zu harmonisch, um wahr zu sein, aber vielleicht drückte mich da nur mein eigenes schlechtes Gewissen. Immerhin mußte Donners Name auf der Liste bleiben, bis in seinem Fall etwas Handgreifliches auftauchte.

Bis jetzt aber war Kerrigan mein bestes Pferd. Er war jung und hatte Stil genug, um auf Rita Castle anziehend zu wirken. Und nach allem, was ich von ihm bisher erlebt hatte, schien er auch die nötige Skrupellosigkeit für einen Mord zu besitzen. Was Frauen betraf, war Kerrigan im Augenblick anscheinend auch nicht fest gebunden, aber das mußte ich noch genau nachprüfen. Auf jeden Fall war es geraten, meine Ermittlungen jetzt mehr auf ihn zu konzentrieren.

So grübelte ich bis kurz nach neun. Dann hatte ich mich, wenn auch widerwillig, wieder ganz in den Fall eingearbeitet. Ich ging ans Telefon und wählte die Nummer meines Büros. Ich wollte Mickey Hansel sagen, daß ich kurz nach zehn auftauchen würde. Außerdem sollte er Kerrigan für elf Uhr ins Büro bitten.

Aber das Telefon klingelte dreimal, ohne daß ich eine Antwort bekam. Plötzlich war das Fräulein vom Amt in der Leitung und wollte wissen, welche Nummer ich rief. Sie brauchte einen Augenblick, bis sie mir mitteilen konnte, dieser Anschluß sei für unbestimmte Zeit gestört. Ich bedankte mich für die Auskunft und legte auf.

Fast unmittelbar darauf klingelte mein Telefon. Es war Ernie Rembeck. »Es gibt Ärger«, rief er.

»Wieso Ärger?«

»Ihr Büro ist soeben in die Luft geflogen.«

»Was?«

»Bin gerade angerufen worden. Es passierte vor zehn Minuten. Hansel war drin. Hatten Sie Dynamit oder anderen Sprengstoff drin herumliegen?«

»Natürlich nicht. Was ist mit Hansel?«

»Was soll mit ihm sein? Tot natürlich.«

»Demnach glaubt unser Mann, ich sei ihm näher auf den Fersen, als das wirklich der Fall ist.«

»Vielleicht sind Sie das auch und verschweigen es mir nur.«

»Nein.«

»Können Sie sofort kommen?«

»Erst, wenn ich meine Familie in Sicherheit gebracht habe.«

»Selbstverständlich.«

»Können Sie mir ein Schießeisen besorgen?« fragte ich.

»Kein Problem.«

»Mit Hüfthalfter. Daran bin ich von früher gewöhnt.«

»Ich verschaffe Ihnen eine regelrechte Polizeiausrüstung«, versprach er.

»Gut.«

»Allerdings dürfte es schwierig sein, für Sie einen Waffenschein zu bekommen.«

»Darauf kann ich verzichten, wenn's sein muß.«

»Ausgezeichnet. Wann können Sie denn nun hier sein?«

»Ich weiß noch nicht. So schnell wie möglich.«

Zum Glück brauchte Bill am Sonnabend nicht zur Schule. Oben fand ich Kate beim Bettenmachen. Ich erzählte ihr, was vorgefallen war und daß es wohl das beste wäre, wenn sie und Bill eine Weile von der Bildfläche verschwänden. »Mitch«, meinte sie, »solltest du die ganze Sache nicht doch lieber sein lassen?«

»Dazu ist es jetzt zu spät. Der Kerl ist schon hinter mir her. Pack du schon mal die Sachen, ich suche Bill.«

»Wo sollen wir denn hin?«

»Wie wär's mit Grace?« Das war ihre Schwester, die in Patchogue auf Long Island wohnte.

»Ich rufe sie gleich an«, sagte Kate.

Bill stöberte ich in einer Garage gegenüber auf, wo er mit einem Nachbarjungen eine Fahrradkette reparierte. Ich nahm ihn beiseite und eröffnete ihm, daß er und seine Mutter für eine Weile zu Onkel Alfred und Tante Grace fahren müßten. Er machte ein wenig begeistertes Gesicht. »Warum denn ausgerechnet heute?«

»Weil der Job, an dem ich arbeite, ziemlich gefährlich wird. Weißt du, ich möchte, daß du die Augen offenhältst und vor allem gut auf deine Mutter aufpaßt.« Damit hatte ich ihn herum. Er ging schnell nach oben, um seine Sachen zu packen — ganz der kleine Held.

In diesem Augenblick klingelte das Telefon wieder. Am Apparat war Marty Kengelberg, mein alter Freund vom Morddezernat. »Gut, daß du zu Hause bist, Mitch. Geh nicht weg.«

»Warum nicht?«

»Fred und ich müssen mit dir reden.«

»Könnt ihr euch beeilen? Ich hab' noch viel vor.«

»Denkst du etwa, wir hätten das nicht? Wir kommen raus, sobald wir können.«

Ich legte auf und half Kate und Bill, das Gepäck in den Wagen zu bringen. Beim Abschied blieb Kate einen Augenblick in der Tür stehen. Sie gab mir keine großen Ermahnungen, das hatte sie nie getan. Sie legte mir nur die Hand kurz an die Wange.

»Reg dich nicht auf, alles wird gutgehen«, versprach ich. Ich küßte sie, und sie lief durch den strömenden Regen schnell zum Wagen. Ich sah den beiden nach, bis sie mit dem alten Auto um die Ecke gebogen waren.

Als nächstes rief ich Rembeck an und sagte ihm, daß ich zwei Beamte vom Morddezernat erwartete; es würde also noch etwas dauern. Dann fragte ich: »Kann es sein, daß sie mich schon wegen der Explosion sprechen wollen?«

»Wie soll ich das wissen?«

»Unter welchem Namen lief denn das Büro?«

»Jedenfalls nicht unter Ihrem.«

»Na schön, ich komme also, sobald ich kann.« Jetzt konnte ich nur warten. Als es endlich klingelte, sah ich auf die Uhr. Es war zehn nach elf.

Sie waren offenbar unzertrennlich, Marty und der ungläubige Fred James. Im Flur quälten sie sich aus ihren triefenden Regenmänteln. Ich führte sie ins Wohnzimmer. »Hast du schon von der Explosion gehört?« fragte Marty.

»Ja«, sagte ich und konterte: »Woher wißt ihr, daß die Sache mich betrifft?«

»Ist das für dich so wichtig?«

»Allerdings. Es gibt zwei Möglichkeiten: Entweder habt ihr mich beschattet, oder jemand hat euch den Tip gegeben.«

Marty überlegte einen Augenblick und zuckte dann mit den Schultern. »Also schön, wir haben dich beschattet.«

»Und jetzt wollt ihr mich ausquetschen.«

»Wenn du es so nennen willst. Fangen wir also mit der Explosion an.«

»Okay.« Ich machte es mir in meinem Sessel bequem. »Ernie Rembeck hat mich eben angerufen und mir die Sache erzählt. Ein gewisser Mickey Hansel wäre dabei umgekommen. Mehr hat er nicht gesagt.«

»Kennst du diesen Mickey Hansel?«

»Ja. Rembeck hat ihn mir gestern als Büroburschen zur Verfügung gestellt. Er hatte den zweiten Schlüssel und sollte heute morgen um neun dasein, um die Akten einzuordnen und Telefonwache zu halten.«

Fred James fiel ein: »Er kam fünf Minuten zu spät.«

»Dann hatte er also noch fünf Minuten länger zu leben, nicht wahr?«

»Warum hattest du Sprengstoff im Büro?« fragte Marty.

»Nun hör schon auf, Marty.«

»Du hattest also keinen Sprengstoff im Büro?«

»Nein, was hätte ich denn damit gewollt?«

»Dann hältst du es also für einen Mordanschlag.«

»Wird schon so sein.«

»Und man hat es auf dich abgesehen?«

»Sieht ganz so aus.«

Marty sah sich im Zimmer um. »Wo ist Kate?«

»Auf ein paar Tage zu ihrer Schwester gefahren.«

Die beiden warfen sich vielsagende Blicke zu, und Fred James ließ sich vernehmen: »Das hört sich ja an, als hätten Sie wirklich was herausgefunden.«

»Kann schon sein«, gab ich zu. »Nur weiß ich leider nicht, was.«

Marty betrachtete mich stirnrunzelnd. »Und du hast keinerlei Indizien?«

»Nicht die Spur. Ich habe eine lange Liste von Verdächtigen, das ist alles.«

»Gestern abend hast du nacheinander vier verschiedene Personen aufgesucht, Rembeck nicht eingerechnet. Wir brauchen ihre Namen und wollen wissen, was du bei ihnen erfahren hast.«

Ich schüttelte den Kopf. »Nein, Marty, so war's nicht abgemacht.«

»Das spielt jetzt keine Rolle. Inzwischen ist ein zweiter Mord geschehen, und diesmal in unserem Gebiet.«

»Ich sage trotzdem nein.«

Fred James schaltete sich ein. Er nannte mich bei meinem Vornamen, obwohl ihm niemand das Recht dazu gegeben hatte. »Aber Mitch, nehmen Sie doch Vernunft an. Sie waren doch selbst ein Cop und wissen ganz genau, was passiert, wenn Sie uns Schwierigkeiten machen. Wollen Sie etwa die nächsten drei Wochen in Untersuchungshaft sitzen?«

»Die nächsten drei Stunden, meinen Sie wohl. Leute, die unter dem Schutz von Ernie Rembecks Anwälten stehen, bleiben nie länger als drei Stunden im Kittchen.«

Marty versuchte zu schlichten. »Wir wollen dir doch gar nicht drohen.«

»Du vielleicht nicht; dein Kollege schon.«

Fred James meinte: »Sieht so aus, als ob wir's einfach nicht miteinander können, Mitch. Das sollte mir leid tun.«

»Mir auch.«

»Warum schenkst du uns nicht reinen Wein ein, Mitch?« fragte Marty.

»Weil ich einen Job zu erledigen habe. Wenn ihr mir dauernd auf den Rockschößen rumtrampelt und sofort alles wißt, was ich ausgrabe, dann wird Rembeck seinen Leuten sehr schnell den Mund verbieten.«

Marty wußte genau, daß ich damit recht hatte, es war ihm vom Gesicht abzulesen. Trotzdem versuchte er es noch einmal. »Es ist doch einfach nicht fair, wenn du uns die Sache verschweigst. Du weißt genau, wir würden mit den Informationen äußerst behutsam umgehen.«

»Ich weiß gar nichts – ausgenommen, wie ein Cop denkt, Marty. Bei euch ist es doch nur Taktik, wenn ihr jemandem von der anderen Seite des Zaunes etwas versprecht.«

»Stehst du denn auf der anderen Seite?«

»Im Augenblick arbeite ich für Ernie Rembeck.«

»Genau, Mitch«, ließ sich Fred James vernehmen. »Das ist es ja, was mir so sauer aufstößt.«

»Und vielleicht ersticken Sie auch dran, Fred«, meinte ich.

»Na, Mitch, nun werd' doch nicht wieder borstig«, vermittelte Marty. »Fred kennt dich eben nicht so genau wie ich, das ist alles.«

»Aber du kennst mich, Marty? Dann komm mal mit und hör zu.«

Sie kamen mir in den Flur nach. Ich nahm den Telefonhörer und wählte Rembecks Nummer. Als er am Apparat war, sagte ich: »Die beiden Detektive, von denen ich sprach, sind jetzt hier. Ich bin gestern den ganzen Tag beschattet worden. Die wissen jetzt die Adressen, wo ich abends war, nur wissen sie nicht genau, mit welchen Leuten ich in den Häusern gesprochen habe.«

»Und das wollen sie jetzt von Ihnen erfahren?« fragte Rembeck.

»Genau.«

»Und?«

»Ich gebe keine Auskunft.«

»Ausgezeichnet«, meinte Rembeck.

»Nicht ganz«, antwortete ich. »Wenn die mich nämlich weiter beschatten, kann ich meinen Job nicht erledigen. Die werden bald wissen, wen ich verhört habe, und dann werden sie sich den Betreffenden vorknöpfen. Damit geht der Ärger los. Wollen Sie, daß das überall geschieht, wo ich mich sehen lasse?«

»Verdammt noch mal, nein!«

»Also muß ich den Kram hinschmeißen. Es tut mir leid, aber es geht nicht anders. Wenn Sie wollen, schicke ich Ihnen das Geld gleich zurück. Ich kann ...«

Doppelter Protest unterbrach mich. Rembeck schrie in den Apparat: »Zum Teufel, das kommt gar nicht ...« Und Marty neben mir zischte: »Stopp, Mitch, warte einen Augenblick, hör mir erst mal zu!«

»Moment mal«, sagte ich in den Apparat und deckte die Muschel ab. »Was gibt's?« fragte ich Marty.

»Um Gottes willen, wir wollen doch gar nicht, daß du bei Rembeck aufhörst!«

»Ihr gebt mir ja keine andere Wahl.« Im Hörer quakte Rembecks Stimme.

»Wir lassen dich in Frieden, Mitch, garantiert«, beschwor mich Marty.

»Wie garantiert ihr mir das?«

»Wollen Sie's schriftlich?« fragte Fred James sarkastisch.

Marty drehte sich zu ihm um und fuhr ihn an: »Halt doch endlich den Mund, Fred. Dieser Mann blufft nicht. Ihm ist es mit jedem Wort Ernst.«

»Stimmt.«

»Mir aber auch«, versicherte Marty. »Und ich garantiere dir, daß du nicht mehr beschattet wirst; daß wir die Leute, die du gestern aufgesucht hast, in Ruhe lassen. Wenn du irgend etwas herausbekommst, das du mir mitteilen willst, rufst du mich an. Im übrigen hast du freie Hand.«

»Mir das zu versprechen, liegt gar nicht in deiner Macht, Marty; das wissen wir beide sehr gut.«

»Laß mich mal telefonieren«, antwortete er.

Rembeck quakte immer noch im Hörer. »Ich rufe zurück«, verkündete ich und legte auf.

Marty brauchte zehn Minuten und zwei Telefongespräche, um zum Ziel zu kommen. Er mußte endlose Erklärungen geben und seine Vorgesetzten förmlich einseifen. Aber schließlich hatte er es geschafft und ich meine Bewegungsfreiheit wieder. »Na, bist du jetzt zufrieden?« fragte er stolz.

»Ja, Marty, das bin ich.«

»Dann auf bald, Mitch.«

»Ich melde mich, Marty.«

Fred James ging grußlos.

Als sie weg waren, rief ich Rembeck wieder an. Er war gleich am Apparat und fragte aufgeregt: »Na, hat's geklappt?«

»Ja.«

Er kicherte. »Einen Moment haben Sie mich auch geblufft. Ich dachte, es wäre Ihr Ernst.«

»Wenn es nicht geklappt hätte, wäre es auch mein blutiger Ernst gewesen.«

18

Von der U-Bahn-Station nahm ich ein Taxi, weil es regnete. Der Portier kannte mich jetzt schon. Er kam herausgeeilt, öffnete den Schlag und sprach mich mit »Sir« an, ganz wie seine regelmäßigen Kunden. Ich stieg aus und folgte dem vor Höflichkeit zerfließenden Mann unter dem Schutz des Baldachins ins Haus. Jetzt war ich hier also auch ein alter Kunde. Ich mußte an das erste Zusammentreffen mit Rembeck denken: »Hier will Ihnen niemand Ihre Seele abkaufen, Mister Tobin«, hatte er gesagt. Stimmte das wirklich? Langsam bezweifelte ich es. Wenn mich aber jemand kaufen wollte, konnte ich das kaum Rembeck in die Schuhe schieben.

Es gab nur eine Lösung: Ich mußte den Mörder finden, und zwar schnell. Dann konnte ich aus diesem Milieu, das mir nicht lag, wieder ausbrechen, durfte zurück zu meiner Mauer und der Sicherheit, die sie mir versprach.

Oben öffnete mir Rembeck die Tür. Er sagte, diesmal sei mein Büro in seiner Wohnung. Und als er mich hinführte, fügte er hinzu: »Hier legt Ihnen keiner eine Bombe, das garantiere ich.«

Ich wurde in einen engen Raum gebracht, dessen Fenster auf einen Lichtschacht ging. Das Mobiliar unterschied sich kaum von dem in der vorherigen Bude: Schreibtisch, Stuhl, Aktenschrank, Schreibmaschinentisch mit Maschine. Rembeck stand neben mir in der Tür.

»Na, wie ist es?«

»Soweit in Ordnung.«

»Ihr Schießeisen liegt in der untersten Schreibtischschublade. Eine Lizenz konnte ich für Sie leider nicht bekommen.«

»Macht nichts.«

Ich öffnete die Schublade und holte den Revolver hervor. Daneben lag das gute alte Hüfthalfter. Ich hängte es an den Gürtel und ließ den Revolver hineingleiten.

Die Erinnerungen überfielen mich, als hätte man plötzlich ein Radio auf volle Lautstärke gedreht.

»Alles okay?« fragte Rembeck von der Tür her.

»Lassen Sie mich bitte einen Moment allein«, bat ich. »Nur fünf Minuten.«

Er verstand nicht. »Was ist denn plötzlich mit Ihnen?«

»Verdammt noch mal, Rembeck«, rief ich, »Sie sollen raus!«

Ich weiß nicht, ob er jetzt kapiert hatte. Jedenfalls ging er und schloß die Tür hinter sich. Ich blieb allein in dem kleinen Raum zurück. Der Revolver drückte mich wie Blei in die Seite.

Wie hatte ich das alles nur vergessen? Achtzehn Jahre lang hatte ich ein Schießeisen an der Hüfte getragen. Damals, als sie es mir wegnahmen, konnte ich die erste Zeit kaum richtig laufen, es fehlte etwas, als ob mir jemand ein Loch in die Seite geschnitten hätte.

Aber man gewöhnt sich an alles, und so war ich nicht auf den Schock vorbereitet gewesen, die Waffe jetzt wieder an der alten

Stelle zu spüren. Und Erinnerungen stürzten sich auf mich wie Geier mit spitzen scharfen Fängen.

Aber das ging vorbei. Nach ein paar Minuten konnte ich mich mühsam wieder auf meine Arbeit konzentrieren, und als es an der Tür klopfte, überprüfte ich schon die Alibis auf Rembecks zweiter Namensliste, die auf dem Schreibtisch gelegen hatte.

»Herein«, rief ich, und Rembeck sah zögernd um die Tür. »Ist schon in Ordnung«, ermunterte ich ihn. »Kommen Sie ruhig rein.«

Er kam, ließ aber die Tür offen. »Manchmal können Sie einen ganz schön erschrecken, Mister Tobin.«

»Wenn ich ein durch und durch vernünftiger und kontrollierbarer Typ wäre, dann hätten sie mich bei der Polizei nicht rauszuschmeißen brauchen. Und hier säße jetzt jemand anderes.« Ich zeigte auf die Alibiberichte. »Wie ich sehe, scheiden von denen auch vier aus.«

»Drei«, erwiderte Rembeck.

»Mickey Hansel können wir jetzt getrost streichen.«

»Ach so, ja, natürlich. Daran hab' ich nicht gedacht.«

Ich sah die Berichte noch einmal durch. Einer von den Übriggebliebenen war William Pietrojetti, der Buchhalter, den ich damals hier oben kennengelernt hatte. Er gab an, den Abend allein verbracht zu haben. Der andere war ein gewisser Matthew Seay. Seine Tätigkeit war mit »Leibwächter« angeführt. Seay wollte den Mittwochabend »in Gesellschaft« verbracht haben, fand sich aber zu keinen weiteren Erklärungen bereit.

»Dieser Seay, ist das Ihr Türbulle draußen?«

»Nein, der heißt Burger und hat seinen Job nur hier zu Hause. Burger hat Rita überhaupt nie zu Gesicht bekommen. Aber Seay nehme ich manchmal zu gesellschaftlichen Anlässen und ähnlichen Dingen mit.«

»Den will ich verhören. Und Pietrojetti auch. In ihren Wohnungen, wie die anderen.«

»Paßt es Ihnen heute nachmittag?«

»Natürlich. Je eher, desto besser.«

Er nickte.

»Und was ist nun mit George Lewis? War er Mittwoch nacht wirklich an der Westküste?«

»Jawohl, das steht einwandfrei fest.«

»Gut.« Ich nahm Papier und Bleistift und machte mich an eine neue Liste.

Rembeck unterbrach mich. »Ich habe Ihnen einen neuen Laufburschen besorgt. Er ist in spätestens einer Stunde hier zu Ihrer Verfügung.«

Ich sah auf. »Nein, ich brauche keinen mehr.«

»Das mit Mickey Hansel ist Ihnen wohl ziemlich nahegegangen, wie?«

»Natürlich. Übrigens, können Sie mir Kopien von den Polizeiberichten über die Explosion besorgen?«

»Sobald die Berichte vorliegen.«

»Gut.«

Auf meiner Liste standen jetzt sieben Namen, sozusagen die Aktiven:

Roger Kerrigan
Frank Donner
Louis Hogan
Joseph Lydon
Paul Einhorn
William Pietrojetti
Matthew Seay

Ich gab Rembeck den Zettel. »Von diesen sieben möchte ich die kompletten Vorstrafenregister, sofern welche vorliegen.«

Er riß die Liste fast gierig an sich und verschlang sie mit den Augen. »Also, darunter muß er stecken, wie? Einer von den sieben.«

»Möglicherweise. Unter der Voraussetzung, daß wir die Abschiedsnachricht richtig ausgelegt haben. Zu dumm, daß sie futsch ist.«

»War sie im Büro?«

»Ja.«

Rembecks Stimme klang bitter. »Wenn Sie den Text noch mal hören wollen, ich kann ihn auswendig.«

»Das kommt sehr gelegen.« Ich ging zur Schreibmaschine. »Schießen Sie los.«

Monoton leierte er den Text herunter. Wenn ihn das hart ankam, so ließ er es sich nicht anmerken.

Ich gehe. Endlich habe ich einen richtigen Mann gefunden. Wir wollen zusammen ein neues Leben anfangen, weit weg von hier. Du wirst keinen von uns jemals wiedersehen.

»Okay, danke.« Ich nahm das Blatt aus der Maschine und legte es auf meinen Schreibtisch. »Sehen Sie sich die neue Liste noch mal an. Wer von den sieben konnte über das Geld Bescheid wissen, das Rita verschwinden ließ?«

Er machte sich über die Namen her. »Nun, erst mal Roger, und auch Frank. Frank Donner. Natürlich wird auch Pietrojetti davon gewußt haben. Möglicherweise auch Matt Seay. Den nehme ich mir ab und zu als Leibwache. Vielleicht war er einmal dabei, als ich eine Summe bei Rita ablud. Lou Hogan kann nichts gewußt haben, ebensowenig Joe Lydon und Paul Einhorn.« Er sah mich an. »Aber *sie* wußte doch davon. Rita kann es dem Kerl selbst gesagt haben.«

»In diesem Fall wäre der Mörder nicht von vornherein auf das Geld aus gewesen. Denn sie hätte ihm kaum etwas davon gesagt, bevor sie sich – hm – näher kannten. Wenn er also gleich hinter dem Geld her war, dann muß er es von jemand anderem erfahren haben.«

»Also fallen Joe, Lou und Paul auch aus?«

»Nein. Aber sie sind zweite Garnitur. Natürlich kann es trotzdem einer von ihnen gewesen sein, das Ganze fing eben als Liebelei an. Das Motiv Geld kam dann später dazu.«

»Wissen Sie«, meinte Rembeck, »aus dem einen oder anderen Grund könnte man eigentlich alle sieben Namen ausstreichen, wenn man wollte.«

»Eben. Deshalb bleiben sie vorläufig auch alle schön drauf. Berichten Sie mir jetzt von dem Haus.«

»Welchem Haus?«

»Dem, wo mein voriges Büro lag. Hat Ihre Organisation dort nur einen Raum, oder gehört ihr der ganze Bau?«

»Wir haben etwa ein halbes Dutzend Büros dort. Die anderen Mieter haben mit uns nichts zu schaffen.«

»Aber das Haus gehört der Organisation?«

»Nein, es gehört Joe Lydon, wenn Sie's genau wissen müssen. Ich sagte Ihnen doch, Lydon vermietet viel an uns.«

»Also hatte er mit Sicherheit einen Schlüssel?«

»Das würde gar nichts besagen. In das Haus kommt man Tag und Nacht hinein. Ein Alter öffnet nachts die Tür und bedient den Lift. Und für die Bürotür braucht man auch nicht extra einen Schlüssel, dafür genügen ein Zahnstocher und etwas Geschicklichkeit.«

»Also bringt uns das auch nicht weiter.« Ich sah mich in dem leeren Büro um. »Als nächstes muß ich meine Unterlagen erneuern. Sie haben doch sicher Kopien von der ersten Liste und den alten Alibiberichten?«

»Drüben auf meinem Schreibtisch. Ich hole sie gleich.«

»Und wie ist das mit den polizeilichen Untersuchungsberichten aus Allentown? Die werde ich auch noch mal brauchen.«

»Muß das unbedingt sein? Davon Kopien zu bekommen ist schwierig.«

»Wir müssen es eben versuchen.«

»Wenn Sie meinen.«

Ich zog mein Notizbuch hervor und schlug es an der Stelle auf, wo ich die Namen aus Rita Castles Adreßbuch notiert hatte. »Wer war eigentlich Ritas Freund, als Sie das Mädchen kennenlernten?«

»Was wollen Sie denn von dem? Den hat sie seit zwei Jahren nicht mehr gesehen.«

»Ich will trotzdem mit ihm reden. Wie heißt er?«

»Quigley. Irgendwas und Quigley. Den Vornamen hab' ich vergessen.«

Ich überflog die Namen in meinem Notizbuch. »Ted Quigley. Hier steht er.«

Er sah mich konsterniert an. »Wo haben Sie denn das her?«

»Mag sein, daß sie ihn lang nicht mehr gesehen hat. Aber Name, Anschrift und Telefonnummer stehen in ihrem Adreßbuch.«

»Wirlich?« Er schüttelte ungläubig den Kopf. »Vielleicht war es ein altes Adreßbuch, ein Überbleibsel.«

»Kann schon sein.« Ich stand auf. »Bin bald wieder da.«

»Was ist los? Wo wollen Sie hin?«

»Mit Ted Quigley reden.«

»Was soll das?«

»Das sage ich Ihnen, wenn ich wiederkomme.« Aber dann

tat er mir leid. »Regen Sie sich nicht auf, Rembeck. Ich glaube nicht, daß Rita noch was mit Ted Quigley zu tun hatte.«

»Aber warum wollen Sie ihn dann sprechen?«

»Um mehr über sie zu erfahren. Ich kann mir noch kein rechtes Bild von ihr machen.«

Er wollte aufbrausen, brachte dann aber doch nur eine lahme Antwort heraus. »Ja«, sagte er, »irgendwie kann ich Ihnen das nachfühlen. Mir geht es genauso. Ich glaube beinahe, daß ich Rita nie richtig gekannt habe.«

Ich ging zur Tür. »Bin bald wieder da.«

»Warten Sie«, rief er. »Ich sage Roger Bescheid.«

»Dabei brauche ich Kerrigan nicht.«

»Aber ...«

»Kerrigan soll mit von der Partie sein, wenn ich Leute aus der Organisation befrage. Aber Quigley gehört nicht dazu.« Dabei fiel mir etwas ein. »Übrigens, wo haben Sie Rita Castle eigentlich kennengelernt?«

»Bei einer Theaterprobe vor potentiellen Geldgebern. Sie las eine kleine Rolle.«

»Gibt es da irgendwelche Zusammenhänge, von denen ich nichts weiß?«

»Nein, keinerlei. Ich habe kein Geld in das Stück gesteckt. Und Rita spielte die Rolle nachher auch gar nicht, das Unternehmen ging schief.«

»Na schön. Bis gleich also.«

Als ich aus der Tür ging, rief er mir noch nach: »Mister Tobin?«

Ich drehte mich um.

»Berichten Sie mir, was Quigley sagt, ja? Was er von Rita hielt.« Es klang fast flehentlich.

19

Ted Quigley wohnte im östlichen Teil der 10th Street gegenüber dem Spielplatz am Tompkins Square. Diese Gegend liegt mitten in der Lower Eastside und ist ein Slumviertel mit niedrigen Mieten und überfüllten Wohnkasernen. Wer in New York auf der Suche nach einer Künstlerkolonie ist, muß schon hierherkommen. Denn hohe Mieten und das Heer von gutbezahlten

Angestellten haben die Künstler und Bohemiens längst aus Greenwich Village vertrieben. Hier aber fanden sie eine billige und ungestörte Zuflucht.

Quigley wohnte im dritten Stock eines alten schäbigen Mietshauses, das keinen Fahrstuhl besaß, dafür aber ein Café im ersten Stock. Ich klopfte an seine Tür. Keine Antwort. Dann rüttelte ich am Türgriff. Abgeschlossen. Schon im Begriff aufzugeben, fiel mir das Café im ersten Stock ein. Um diese Zeit, kurz nach ein Uhr mittags, war die Bude fast leer. An der Theke stand eine ältere Frau und spülte Tassen. Ich fragte, ob sie Ted Quigley heute schon gesehen hätte.

Sie musterte mich mißtrauisch, und ich merkte, daß sie den Cop in mir witterte. Denn dieser Geruch läßt sich nicht einfach mit der Dienstmarkte ablegen. Ich lächelte möglichst freundlich und sagte: »Nein, ich bin kein Cop. Sie brauchen keine Angst zu haben.«

Zwar glaubte sie mir nicht ganz, aber meine Offenheit hatte mir wohl einige Pluspunkte eingetragen. Nochmals studierte sie mich zögernd von Kopf bis Fuß, zuckte dann die Schultern und meinte: »Na gut, wenn er nicht oben ist, dann wahrscheinlich bei seinem Mädchen. Sie wissen doch, wo die wohnt?«

Ich schüttelte den Kopf. »Nein, ich kenne nicht einmal ihren Namen. Auch Ted Quigley habe ich noch nie gesehen.«

In der Frau kämpften Neugier und Mißtrauen miteinander. Nicht, daß Quigley ein Verbrecher war oder sonst etwas auf dem Kerbholz hatte, aber wenn einer nach Cop riecht, sind die Leute in dieser Gegend von vornherein voreingenommen. Leute, die sich in einem ärmlichen Milieu durchs Leben schlagen müssen, haben sämtlich etwas gegen die Polizei, schon weil sie glauben — und manchmal mit Recht —, daß die Polizei etwas gegen sie hat. Nur Dummköpfe nehmen an, daß Künstler und Bohemiens zwangsläufig auch das Gesetz brechen. Nein, sie verstoßen eher gegen ungeschriebene Paragraphen des gesellschaftlichen Zusammenlebens, und das bringt sie oft genauso häufig mit der Polizei in Verbindung wie Gewohnheitsverbrecher. Künstler und Polizei, das sind zwei verschiedene Welten, die nichts füreinander übrig haben. Und so war es auch kein Wunder, daß mir hier in dieser Gegend das Mißtrauen wie Nebel entgegenschlug.

Aber weil ich der Frau trotz allem wohl als ein ehrlicher Bursche erschien, und weil ich, was wichtiger war, allein vor ihr stand (Cops wagen sich nur zu zweit in diese Gegend), schien ihr die Sache wohl nicht allzu riskant. »Wissen Sie was? Ich gebe Ihnen die Telefonnummer, dann können Sie ja mal anrufen und sehen, ob er da ist.«

»Das ist sehr nett. Vielen Dank.«

Sie wußte die Nummer nicht auswendig. Ich folgte ihr zur Registrierkasse, wo sie ein zerfleddertes Telefonbuch hervorkramte. Sie schlug nach, aber so, daß ich Seite und Namen nicht sehen konnte. Schließlich hatte sie die Nummer, schrieb sie auf die Rückseite eines Briefumschlages und wollte sie mir gerade geben, als ihr ein Gedanke kam. »Warten Sie, ich wähle selber.«

Vorsicht ging ihr über alles. Der Apparat hing neben der Kasse an der Wand, ich stattete ihn mit einer Münze aus. Sie wählte, gab mir den Hörer. Dann nahm sie eine strategische Ausgangsstellung an der Kasse ein, wo sie mithören konnte, ohne daß es zu sehr auffiel. Am anderen Ende klingelte es siebenmal, bis sich eine Mädchenstimme meldete. Die Stimme klang jung. So jung, als käme sie frisch aus dem Klassenzimmer einer höheren Schule. Ich fragte: »Ist Ted Quigley zu sprechen?«

»Warten Sie einem Moment«, kam die Antwort. Die Stimme klang jetzt sehr altklug und gelangweilt. In der Ferne hörte ich sie dann rufen: »Komm her, es ist für dich.«

Ted Quigleys Stimme klang älter und fast quengelig. Aber auch er konnte seine Jugend nicht verleugnen.

»Hallo«, rief er, »was gibt's denn?«

»Ted, haben Sie schon von Rita Castle gehört?«

»Klar«, antwortete er ärgerlich, »was dachten Sie denn? Die Bullen haben's mir gesagt.«

»Waren die auch schon bei Ihnen?«

»Darauf können Sie Gift nehmen.«

»Ich wollte Sie gern in derselben Angelegenheit sprechen«, eröffnete ich ihm.

Sofort lag Mißtrauen in seiner Stimme.

»Wer sind Sie denn? Etwa auch 'n Bulle?«

»Nein, ich habe eine Art Privatauftrag. Ich soll herausfinden, wer Rita Castle wirklich war.«

»Na und?« fragte er von oben herab. »Sie sind wohl von der Flüsterspalte?«

»Nein, ich arbeite für Ernie Rembeck. Ist Ihnen der Name ein Begriff?«

Am anderen Ende herrschte Schweigen.

»Hallo, Ted?«

»Ja.« Die Stimme klang jetzt dünn und verschüchtert. »Ja, ich weiß, wer Ernie Rembeck ist.«

»Er hat sie nicht umgebracht, Ted.« Aus den Augenwinkeln sah ich, wie die Frau bei dem Wort »umgebracht« zusammenzuckte. Aber sie hatte sich schnell wieder in der Gewalt.

»Na und? Ich war's auch nicht«, klang Ted Quigleys Stimme laut an mein Ohr.

»Natürlich nicht, das weiß ich genau.«

»Ich habe ein Alibi. Sogar die Cops mußten damit zufrieden sein.«

»Ted, ich habe auch nicht eine Sekunde daran geglaubt, daß Sie der Mörder sind. Ich möchte mich nur einmal mit Ihnen unterhalten, denn ich muß unbedingt herausfinden, wie Rita wirklich war.«

»Warum?«

»Weil Ernie Rembeck mich zu diesem Zweck engagiert hat.«

»Warum will er das denn wissen?«

»Da fragen Sie ihn doch selber.«

»Was, ich soll ...?«

»Ich bin hier im Café«, erklärte ich ihm. »Direkt unter Ihrer Wohnung. Könnten Sie nicht einmal vorbeikommen? Ich spendiere Ihnen eine Tasse Kaffee, und wir unterhalten uns ein paar Minuten.«

»Ich weiß nicht recht.«

»Sie brauchen überhaupt keine Angst zu haben. Mit Ihnen hat die Sache nichts zu tun, das garantiere ich Ihnen.«

»So, Sie sind also im Café?« fragte er gedehnt. Ich wußte genau, was in ihm vorging. Wenn ich nun schon in dem Café unter seiner Wohnung saß, so brauchte ich nur zu warten, bis er nach Hause kam. Und hatte ihn dann ohnehin.

»Ja, ich sitze hier«, sagte ich.

»Na schön. In zwanzig Minuten.«

»Vielen Dank, Ted.«

Ich legte auf, bedankte mich bei der Frau und bestellte eine Tasse Kaffee. Dann setzte ich mich an einen Tisch im Hintergrund.

Er brauchte nur eine Viertelstunde, aber er kam nicht allein. In seiner Begleitung war das Mädchen. Es sah älter aus, als sich die Stimme am Telefon angehört hatte. Aber wahrscheinlich war ihre Stimme ein zuverlässigerer Chronometer als ihr Aussehen.

Ich machte mich den beiden bekannt. Quigley stellte das Mädchen als Robin vor. Ich sagte höflich: »Ted, ich würde gern ein paar Minuten mit Ihnen alleine reden. Ob es Robin wohl etwas ausmacht, wenn sie ihren Kaffee an einem anderen Tisch trinkt?«

Sie antwortete selbst: »Macht mir gar nichts aus.« Dann drehte sie sich um und schaukelte neckisch an einen anderen Tisch. Die beiden waren genau gleich angezogen: alte ausgefranste Hosen und dicke verbeulte Pullover. Sein Haar war lang, ihres noch viel länger. Natürlich trug er Bart, aber der Haarwuchs an seinem Kinn war nicht sehr überzeugend. Bärte haben heutzutage eine eigenartige Wirkung. Auf den ersten Blick machen sie ihre Träger älter, aber bei genauem Hinsehen wird die Jugendlichkeit, die sie mit ungezügeltem Bartwuchs überspielen wollen, nur noch mehr betont. Und Ted Quigley, der in Wahrheit Mitte Zwanzig sein mochte, sah auf diese Weise wie ein Achtzehnjähriger aus, der mit seinem Bart als Dreißigjähriger durchrutschen wollte.

Wir drei waren zur Zeit die einzigen Kunden in dem schmalen Raum. Die Alte an der Theke sah mürrisch in die Gegend. Ihr war es offenbar gar nicht lieb, daß wir uns in zwei Lager getrennt hatten, die sich noch dazu in entgegengesetzten Ecken des Cafés niederließen. Auf mein Winken hin kam sie nur zögernd, und meine simple Bestellung – drei Tassen Kaffee und sonst nichts – trug auch nicht gerade zur Besserung ihrer Laune bei.

Quigley fiel ein: »Robin trinkt nur Tee, ich nehme einen Espresso.«

Die Frau nickte und fragte mich: »Und Sie, Kaffee amerikanisch?«

»Ja, gern.«

Die Alte verschwand. Quigley wandte sich an mich. »Auf dem Weg hierher habe ich mir die Sache überlegt. Meiner Ansicht nach führen Sie etwas im Schilde. Mir können Sie nichts vormachen. Ich bin auch nur gekommen, weil mich die Sache interessiert. Ich möchte wissen, was hier gespielt wird.«

»Gar nichts wird gespielt. Ernie Rembeck hat die Sache mit Rita ziemlich umgehauen. Er will unbedingt herausfinden, wie es soweit gekommen ist. Ich war früher Polizist, darum soll ich helfen, den Mörder zu finden.«

»Also eine Art Pinkerton.«

»Wenn Sie damit einen Privatdetektiv meinen, heißt die Antwort nein. Ich habe weder eine Lizenz noch eine offizielle Position. Ich bin nichts als ein einfacher Bürger, der eben für Ernie Rembeck arbeitet.«

»Aber den Mörder sollen Sie fangen?« Das klang ziemlich ironisch. »Da machen Sie wohl einen auf Humphrey Bogart.«

»Wenn Sie es so nennen wollen.«

Er schüttelte den Kopf. »Irgendwie passen Sie nicht dazu. Außerdem sind Sie zu fett und haben das falsche Gesicht. Sie sehen mehr wie ein Rugby-Trainer aus.«

Ich mußte nun doch grinsen. »Ist es wirklich so schlimm?«

»Ziemlich«, meinte er lakonisch.

Ich kam zur Sache. »Also Sie sind mit Rita Castle gegangen?«

Das ging ihm unter die Haut. »Was soll das heißen, ›mit ihr gegangen‹?«

Ich deutete mit dem Kopf auf Robin. »Jetzt gehen Sie doch mit *ihr*, oder wie nennen Sie das?«

»Ach so, Sie meinen, ich schlafe mit ihr. Da haben Sie allerdings recht.«

Ich sah ihn erstaunt an. »Versuchen Sie etwa, mich zu schockieren?«

Er rutschte unbehaglich hin und her. »Ganz wie Sie wollen«, meinte er.

»Wenn Sie den Geschlechtsverkehr schockierend finden, warum machen Sie dann nicht lieber Schluß damit?« Ich grinste ihn unverschämt an. »Prüde zu sein ist schlimm genug, aber dann auch noch so zu tun als ob . . .«

»Ach, lassen Sie das doch. Mein Geschlechtsleben geht Sie einen Dreck an.«

»Aber mit Rita Castle haben Sie doch auch geschlafen – so soll ich das doch ausdrücken?«

»Schon gut, schon gut. Geben Sie jetzt endlich Ruhe.«

»Also können wir zur Sache kommen?«

»Meinetwegen.« Er sah mich unsicher an. »Wissen Sie, das alles hat mich doch ziemlich mitgenommen. Ich bin noch keineswegs fertig damit. Jawohl, wenn Sie es genau wissen wollen, ich habe mit Rita geschlafen.«

»Bis vor zwei Jahren?«

»Bis vor zwei Wochen wäre korrekter.«

»Was?«

»Genau. Ab und zu kam sie und besuchte mich.« Er sah vorsichtig über seine Schulter, lehnte sich zu mir herüber und flüsterte: »Robin weiß natürlich nichts davon.«

»Sieht ganz so aus, als wüßte niemand was davon.«

»Ach, Sie meinen Rembeck? Daß der nichts wußte, darauf können Sie Gift nehmen.« Quigley grinste selbstzufrieden. »Schließlich dachte er, sie würde ihn heiraten.«

»Ihn heiraten? Sind Sie da ganz sicher?«

»Das sagte sie mir jedenfalls. Sie sagte auch, wenn sie verheiratet wäre, hätte sie mehr Zeit für mich. Männer paßten nämlich bei weitem nicht so auf ihre Frauen auf wie auf ihre Freundinnen.«

»Aber Rembeck hat doch schon eine Frau.«

Quigley winkte ab. »Wahrscheinlich wollte er sich scheiden lassen. Rita hat nie so genau davon gesprochen.«

»Und Rita wollte ihn tatsächlich heiraten?«

»Das sagte sie jedenfalls.«

»Was heißt ›sagte sie‹?«

Diesmal ließ er sich seine Antwort gründlich durch den Kopf gehen. Er trommelte nervös mit den Fingerspitzen auf dem Tisch. Schließlich meinte er: »Wissen Sie, es war wahrscheinlich die alte Sache mit dem vergoldeten Käfig. Rembeck war reich und hatte viel Einfluß. Er konnte eine Menge für sie tun. Und für sie stand die Sache natürlich am besten, solange er ihr die Miete zahlte, sie mit Geld und schönen Kleidern überhäufte und sie doch im großen und ganzen tun und lassen konnte, was sie wollte. Es war für sie zum Beispiel gar nicht schwierig, ab und zu ihre alten Freunde zu besuchen. Aber dann kam Rembeck plötzlich die Idee, daß er sich in Rita verliebt hatte und sie heiraten wollte. Und da sie das schöne Leben nicht an den Nagel hängen wollte, sagte sie ja. Aber ich glaube nicht, daß sie es ausgehalten hätte.«

»Sie wäre ihm also durchgegangen?«

»Hat sie das denn nicht getan?«

»Wieviel wissen Sie denn eigentlich wirklich von der Geschichte?«

»Nur, was in den Zeitungen stand.«

»Gut, aber was haben Sie gelesen?«

Er zuckte die Schultern und machte damit deutlich, daß er den Sinn dieser Frage nicht ganz verstand. Aber schön, er würde antworten. »Es hieß, sie wäre in einem Hotel in Pennsylvania ermordet worden. Wo genau, weiß ich nicht mehr.«

»Und das war alles?«

»Was soll denn sonst noch gewesen sein? Wer's getan hat, stand nicht drin. Aber das braucht's auch gar nicht.«

»Mit anderen Worten, Sie wissen, wer es war?«

»Sieht doch so aus, als hätte sie das Weite gesucht, und Rembeck hätte sie dann erwischt und um die Ecke gebracht. Glauben Sie das nicht?«

»Da bin ich nicht so sicher. Warum sagen Sie mir das übrigens alles?«

»Warum nicht?«

»Weil ich für Rembeck arbeite. Das erzählte ich Ihnen doch.«

»Na und? Für den großen Mister Rembeck bin ich doch keine Gefahr.«

»Aber der große Mister Rembeck weiß auch nicht, daß Rita Sie weiter besuchte. Zumindest nehme ich das an.«

»Und jetzt hat er sie offensichtlich umgebracht; da braucht er sich mit mir doch nicht mehr abzugeben. Was ich nicht verstehe, ist nur, warum er noch jemanden dafür bezahlt, den Mörder zu finden. Ist das wirklich Ihre Aufgabe?«

»Dafür bekomme ich jedenfalls mein Geld.«

»Um *den* Mörder zu finden, oder um *einen* Mörder zu finden?«

»Ich habe nicht den Auftrag, jemanden für den Sarg zurechtzuschneiden, wenn Sie das damit meinen.«

»Das meinte ich allerdings«, antwortete er. »Aber wenn Sie mich dafür ausgesucht haben, muß ich Ihnen die Suppe versalzen. Denn wenn ich Mittwoch nacht irgendwo ganz bestimmt nicht war, dann in Pennsylvania. Das kann ich Ihnen sogar hundertprozentig beweisen. Also sieht es mir fast so aus, als müßten Sie sich ein anderes Opfer suchen.«

»Wie können Sie das beweisen?«

»Ich war die ganze Nacht beschäftigt, bei so einer Art Party.«

»Was heißt ›so eine Art Party‹?«

»Genau was ich sagte.«

»Meinen Sie Rauschgift?«

Er grinste. »Das haben Sie aber gesagt.«

»Na schön, was mich noch interessiert: Warum erzählen Sie mir das eigentlich alles?«

»Das hab' ich Ihnen doch schon erklärt.«

»Nein, das haben Sie nicht. Sie sagten mir zwar, warum es Ihnen nichts ausmacht, die Karten auf den Tisch zu legen, aber ein wirkliches Motiv nannten Sie mir nicht.«

Diesmal nahm er sich Zeit mit der Antwort. Als er schließlich redete, hielt er die Augen gesenkt. »Wissen Sie, mit Rita und mir war das so eine Sache. Gut, Sex spielte eine große Rolle, verdammt noch mal. Schließlich hatten wir es beide noch nie so gut mit einem anderen gekonnt, aber das war noch lange nicht alles. Wir, na ja, wir hingen eben in jeder Beziehung aneinander.«

»Wenn Sie damit sagen wollen, daß Sie sich liebten, dann nehmen Sie nur kein Blatt vor den Mund.«

Er warf mir schnell einen Seitenblick zu, studierte dann wieder seine Fingerspitzen. »Wie Sie es auch nennen wollen«, meinte er. »Auf jeden Fall war es nicht vorbei, für keinen von uns beiden. Aber sie brauchte eben mehr zum Leben. Hier diese Gegend, das war nichts für sie. Damit kam sie nicht zurecht. Überall Wanzen und Dreck. Dann keinen Cent in der Tasche, und ich brachte es einfach nicht fertig, wissen Sie, ihr all das zu bieten, was sie so gern gehabt hätte.«

Er sah mich jetzt direkt an. Sein Blick bettelte um Verständnis. »Ich bin immer noch ich. Wissen Sie, was ich damit sagen will? Ich konnte mich einfach nicht ändern, denn ich muß mit den Dingen auf meine Weise fertig werden.«

»Mit anderen Worten: Sie konnten nicht plötzlich ein Großverdiener werden?«

»Nein, aber ich hab' alles versucht. Hab' tolle Pläne gemacht, mich sogar beworben, dies und das unternommen. Aber es hat einfach nicht hingehauen. Ich hatte sogar mehrere gute Jobs in der Tasche. Zehntausend, zwölftausend im Jahr. Aber ich konnte mich dann nicht überwinden. Wenn es soweit war, bin ich zu Hause geblieben.« Er grinste reumütig. »Mensch, bei jedem Arbeitsamt in der Stadt bin ich das schwarze Schaf. Die schicken mich nirgends mehr hin.« Dann zuckte er die Schultern und meinte: »Außerdem, was sind schon zehntausend im Jahr? Für Rita wäre das nie genug gewesen. Nicht so, wie sie leben wollte. Im Bett war Rembeck kein Konkurrent. Aber wieviel Zeit kann man schon im Bett verbringen?«

»Okay«, antwortete ich, »ich bin jetzt im Bild. Aber Sie wollten mir doch den Grund nennen, warum Sie ihr Herz so freimütig vor mir ausschütten.«

»Weil ich Ihnen beinahe glaube, daß Sie mir nichts vormachen. Am Ende sind Sie wirklich auf den richtigen Mörder aus.«

»Und Sie wollen, daß dieser Mörder gefunden wird?«

»Ja, das will ich wirklich.«

»Gut, ich mache Ihnen auch nichts vor. Aber das hilft uns nicht viel weiter, denn Ernie Rembeck war nicht der Mörder.«

Sofort kroch wieder Mißtrauen in seinen Blick. »Ist das wirklich Ihr Ernst?«

»Er hat mindestens ein so gutes Alibi wie Sie. Ich habe ihn bereits von der Liste gestrichen.«

»Und das soll ich Ihnen glauben?«

»Aber von mir verlangen Sie, daß ich Ihnen glaube. Schließlich sind Sie der erste, der mir plötzlich von Rembecks Heiratsplänen berichtet. Warum hat er mir das nicht selbst gesagt?«

»Da müssen Sie ihn schon fragen.«

»Aber jetzt frage ich Sie. Ist diese Heiratsgeschichte vielleicht nur Ihre Erfindung? Weil Sie Ernie Rembeck hassen?«

»Nein«, meinte er gedehnt. »Ich sehe, worauf Sie hinaus wollen, aber so ist es nicht. Rita hat es mir wirklich gesagt. Das können Sie mir glauben.«

»Dann hat sie vielleicht gelogen? Log sie oft?«

»Hin und wieder schon, wenn es ihr nützte. Aber was hätte sie mit dieser Lüge bezwecken sollen?«

»Vielleicht dachte sie, Sie würden dadurch aus Ihrer Lethargie aufgerüttelt und nun wirklich die zehntausend im Jahr an Land ziehen.«

»Wer, ich?« Er kicherte. »Nee, Mann, so war das nicht zwischen Rita und mir. Sie kannte mich, und ich kannte sie. Wissen Sie übrigens, wer die letzten Jahre meine Miete gezahlt hat?«

»Rita?«

»Das wäre eine recht gnädige Auslegung. Sagen Sie lieber Ernie Rembeck.«

»Wie oft kam Rita zu Ihnen?«

»So genau weiß ich das nicht. Vielleicht einmal im Monat, manchmal auch öfter. Sie konnte nicht einfach abhauen, wie es ihr paßte.«

»Wie kam sie zu Ihnen?«

»Mit dem Taxi, wie sonst?«

»Hat sie noch andere Leute besucht?«

»Sie hatte noch ein paar alte Freunde hier in der Gegend. Ach, meinen Sie Liebe?«

»Ja.«

Er schüttelte energisch den Kopf. »Nein, damit war gar nichts. Mister, Sie dürfen sich kein falsches Bild von Rita machen. Sie war keine Hure.«

»Das ist mir nicht neu. Also gab es zwei Männer in ihrem Leben: Sie und Ernie Rembeck. Und damit war Schluß?«

»Schluß und aus.«

»Wen hatte sie denn vor Ihnen?«

»Irgendeinen Kerl namens – hm – Bob oder so ähnlich. Wie er weiter hieß, weiß ich nicht mehr so genau. Kearny oder Kellog.«

»Wissen Sie, wo er wohnt?«

»Irgendwo an der Westküste. Vor Jahren ist er nach Los Angeles verzogen. Er ist Schauspieler und bekam dort eine Rolle im Fernsehen.«

»Mit anderen Worten, er verschwand schon vor langer Zeit aus Ritas Leben?«

»Er war schon verschwunden, als ich darin auftauchte.«

»Na schön.« Ich bot ihm eine Zigarette an, er lehnte jedoch ab. Da in der Nähe kein Aschenbecher zu sehen war, mußte ich das Streichholz auf die Erde fallen lassen. »Hing Rita an ihrer Karriere als Schauspielerin?«

»Das können Sie glauben. Man kann fast behaupten, daß ihr das Theaterspielen über alles ging. Sie hätte die Sache ja an den Nagel hängen können, als Rembeck und seine Dollar anrollten. Trotzdem machte sie weiter.«

Ich resümierte: »Nach Ihren Worten gab es drei wichtige Faktoren in Ritas Leben: Sie, Ernie Rembeck und die Schauspielerei.«

Er nickte. »Ja, genau.«

»Und was war das Wichtigste?«

»Das kann man so nicht sagen«, meinte er. »Manchmal war ich ganz oben. Manchmal gab es für sie nur Mister Rembeck und sonst nichts auf der Welt, aber wenn sie irgendwo eine Rolle erwischt hatte, im Fernsehen oder im Theater, dann konnten Rembeck und ich und das ganze schöne Leben zum Teufel gehen. Ich weiß noch, wie ich manchmal versuchte, sie ins Bett zu bekommen, wenn sie gerade eine Rolle lernen mußte. Dann hätte sie mich am liebsten aus dem Fenster geschmissen.«

»Glauben Sie, daß sie mit Rembeck genauso umging?«

»Ja. Was denken Sie denn? Mit dem konnte sie machen, was sie wollte. Sie hatte ihn ganz schön unterm Daumen.«

»So?« meinte ich. »Aber eins verstehe ich nicht. Wenn sie wirklich von Rembeck wegrannte, dann rannte sie damit auch von ihrer Karriere weg, denn es war klar, daß Rembeck sie überall suchen würde. Und als Schauspielerin hätte er sie sofort aufgestöbert.«

Er zuckte die Schultern. »Ja, aber sie hat es nun mal gemacht.«

»Fast nichts von dem, was Sie mir da sagen, paßt zu dem, was ich vorher wußte«, rügte ich.

»Von mir haben Sie aber nichts als die Wahrheit gehört«, versicherte er.

»Ich glaube Ihnen, das ist ja das Komische an der Geschichte. Und trotzdem kann es sein, daß Sie Rita nicht so gut gekannt haben, wie Sie dachten. Eine Frau zu besitzen, heißt noch nicht, sie wirklich zu kennen.«

»Ich kannte Rita. Darauf können Sie sich verlassen.«

»Warum ließ sie aber ihre Karriere im Stich?«

»Ich weiß nicht. Vielleicht tauchte etwas anderes auf, das ihr wichtiger war. Vielleicht.«

»Ein anderer Mann?«

Der Gedanke gefiel ihm gar nicht. Aber er stand jetzt wohl unter dem Zwang zur Ehrlichkeit. »Vielleicht, kann schon sein. Im ersten Taumel passieren eine Menge seltsamer Dinge.«

»Wann haben Sie Rita das letztemal gesehen?«

»Vor drei Wochen etwa. Rembeck war mit ihr auf irgendeiner Premiere, und hinterher haben sie gefeiert. Rembeck ließ sich vollaufen und war kampfunfähig. Da kam sie auf die Schnelle für ein paar Stunden rüber.«

»Und Robin?«

»Ich hab' doch meine eigene Höhle.« Er unterbrach sich. »Oder hatte sie wenigstens bis jetzt.«

»Jetzt nicht mehr?«

»Nur noch bis zum Ersten. Was denken Sie denn, Mann, wer mir jetzt die Miete bezahlt?«

Ich nickte.

»Außerdem brauche ich keine eigene Bude mehr. Ich ziehe zu Robin.«

»Hat Rita Ihnen etwas gesagt, daß sie einen neuen Mann kennengelernt hätte? Was von einer neuen Affäre?«

»Nee.«

»Hätte sie davon gesprochen, wenn es so gewesen wäre?«

»Ich denke schon. Auf diesem Gebiet hatten wir keine Geheimnisse.«

»Waren Sie jemals in ihrer Wohnung?«

»Nein. Der Portier hätte das sofort Rembeck gemeldet.«

»Jetzt hören Sie mal gut zu. Mehrere Leute, mit denen ich sprach, haben Rita Castle als dummes Häschen bezeichnet. Was sagen Sie dazu?«

Er lächelte triumphierend. »Ja, ich weiß. Das war alles Mache. Wissen Sie, das war ihre große Schau für die Affen.«

»Hat sie auch Rembeck damit reingelegt?«

»Ja, das war doch die Basis dieser ganzen Affäre.« Er schüttelte den Kopf und kicherte. »Mensch, das wäre eine Ehe geworden!«

»Können Sie sich irgendeinen Grund vorstellen, warum Rita Sie wegen ihrer Heirat mit Rembeck hätte belügen sollen?«

»Nein. Warum auch?«

»Das ist es ja eben, was ich so gern wissen möchte. Na schön. Vielen Dank. Ich glaube, das ist alles.«

In diesem Augenblick kam die Alte mit unserem Kaffee und dem Tee für Robin. Es hätte so lange gedauert, weil das Wasser erst kochen mußte, meinte sie. Ich zahlte für die Runde und für meinen Kaffee von vorher. Sie verlangte zwei Dollar, und ich gab ihr einen viertel Dollar Trinkgeld. Ted Quigley hatte mein Erstaunen über die Zeche bemerkt. Er grinste. »Hier zahlen Sie für die Atmosphäre, Mann.«

»Wußte gar nicht, daß ich Atmosphäre bestellt hatte. Na, macht nichts. Nochmals vielen Dank.«

Ich stand auf. Quigley hielt mich am Arm fest. »Ob Sie mir wohl einen Gefallen tun können?«

»Mal sehn. Lassen Sie hören.«

»Wissen Sie, es ist eine komische Sache, aber ich habe kein Foto von Rita. Bei Ihren Nachforschungen sind Sie doch bestimmt auf ein paar Fotos von ihr gestoßen. Würde es Ihnen was ausmachen, mir eins zu schicken? Ich gebe Ihnen Robins Adresse.«

Ich zögerte. »Halten Sie das wirklich für richtig, Ted? Sie ist aus Ihrem Leben verschwunden und kommt nie wieder. Daran müssen Sie sich gewöhnen.«

Sein Gesicht verfiel. »O verflucht, ja. Sie haben recht.« Er wandte sich ab.

Ich ging zur Tür. Vorn saß Robin und beobachtete mich mißtrauisch. Ihren Tee hatte sie nicht berührt. Vor ihrem Tisch blieb ich stehen und beugte mich zu ihr herunter. »Wissen Sie was, Robin? Ted versucht gerade, mit einer schlimmen Sache fertig zu werden. An Ihrer Stelle würde ich ihn damit allein lassen. Vielleicht nur eine Viertelstunde. Und dann sollten Sie sich ihn schnappen, ihn mit nach Hause nehmen und ihm zeigen, was Liebe wirklich ist.«

Sie starrte mir mit offenem Mund nach.

20

Als ich wieder in Ernie Rembecks Apartment war, stieß ich auf Roger Kerrigan, der mir mitteilte, das Verhör von William Pietrojetti sei für drei Uhr angesetzt. Mit Matthew Seay sollte ich mich um halb vier unterhalten. Ich hatte gerade noch Zeit, auf der Maschine eine kurze Zusammenfassung über das Treffen mit Ted Quigley zu tippen, dann machte ich mich mit Kerrigan auf den Weg zu meinen letzten beiden Verdächtigen.

Soviel war mir klar: Was ich bei Quigley erfahren hatte, änderte die Sachlage völlig. Aber ich befand mich in einem Dschungel, aus dem ich den Ausweg noch lange nicht gefunden hatte. Klar war ich mir nur darüber, daß Quigley die Wahrheit gesagt hatte, soweit er sie überhaupt kannte. Wieweit letzteres der Fall war, stand nicht fest. Aber ich war jetzt davon überzeugt, daß Rita Castle ihre Beziehungen zu Quigley nie völlig aufgegeben hatte. Davon hatte sie auch Ernie Rembecks Dollarregen nicht abhalten können. Und ebenso sicher erschien mir, daß die ganze Flirterei mit Rembecks Freunden und die Attitüde des dummen Häschens Fassade gewesen waren, eine Art Schauspielerei, die ihr half, die Strapazen ihres Verhältnisses mit Rembeck zu überstehen.

Aber dann blieb noch diese mysteriöse Heiratsgeschichte, von der Rita Castle Quigley berichtet hatte. Und bis jetzt war überhaupt kein Grund ersichtlich, warum sie in dieser Sache gelogen haben sollte. Rembeck auf der anderen Seite hatte mir gegenüber keinen Zweifel daran gelassen, daß er bei seiner Frau bleiben wollte und es nie anders vorgehabt hatte. Warum er hätte lügen sollen, war mir ebenso unklar. Aber einer von den beiden mußte gelogen haben. Die Frage war nur: Wer und warum?

An dieser Frage hatte ich während der ganzen Fahrt zu Pietrojettis Domizil zu kauen, aber man kann nicht behaupten, daß ich davon satt geworden wäre. Ich saß dumpf und grübelnd neben Kerrigan im Fond der großen Limousine. Wir wurden wieder einmal von Dominic Brono chauffiert. Die Fahrt führte uns an Joseph Lydons monumentalen Wohntürmen vorbei, durch Queens und die endlosen monotonen Trabantenstädte, die sich hier aneinander reihen.

Im Halbdunkel hätte ich Pietrojettis Haus gut mit meinem eigenen verwechseln können, und auch die Straßen glichen sich fast aufs Haar.

Auch hier wirkte die große chromblitzende Limousine so unauffällig wie ein orientalischer Potentat in einer Jugendherberge.

Kerrigan und ich eilten im Regen durch den schäbigen Vorgarten. Pietrojetti kam uns an der Haustür entgegen. Als ich ihn vor mir sah, fragte ich mich im stillen, was das alles eigentlich noch sollte. Die Wetten standen hundert zu eins, daß weder Pietrojetti noch Matthew Seay wirklich in Betracht kamen. Allein Mickey Hansels trostloses Ende hatte so gut wie bewiesen, daß ich dem Killer schon weit früher in die Quere gekommen war, ohne es zu wissen. Aber ich war nun einmal ein Perfektionist, und ohne die beiden letzten Verhöre wäre ich mir wie eine Primaballerina vor halbleerem Haus vorgekommen. Aber der Hauptgrund dafür, daß ich mich mit den beiden noch herumschlug, war die vage Hoffnung, daß dabei irgend etwas ans Licht kommen könnte, was mich dem wirklichen Mörder etwas näher brachte.

Aus unerfindlichen Gründen hatte ich mir Pietrojetti als Junggesellen vorgestellt. Aber im Hintergrund schlich eine Ehefrau herum: ein dürres Gespenst mit weißer Schürze, das nur sehr ängstlich näher kam, als Pietrojetti sie zur Vorstellung rief.

»Meine Frau«, sagte er nur.

Den Namen verschwieg er uns. Sie war offensichtlich froh, wieder in den Hintergrund verschwinden zu können.

Von Pietrojetti hatte ich bisher nur gewußt, daß er ein ausgesprochener Rechenkünstler war. Jetzt erfuhr ich, daß er buchstäblich einen Tick hatte. Er sammelte nämlich Uhren. Und das ganze Haus war vom Tick-Tack seiner Schaustücke erfüllt. Gleich vorn im Flur thronte eine majestätische Großvateruhr mit riesigem Pendel. So ging es weiter: Kuckucksuhren, Taschenuhren an langen Ketten, tickende Monstren in bunten Porzellangestellen, kleine Kunstwerke und vergoldeter Edelkitsch. Aber alle gingen auf die Sekunde richtig, wie das bei einem Buchhalter nicht anders zu erwarten war, und zu jeder Viertelstunde erklang aus allen Ecken das berühmte Gebimmel von Big Ben.

Wir wurden in die gute Stube geführt und bekamen die besten Plätze. Vor uns, hinter uns, rechts und links machte es Tick-Tack. »Da haben Sie ja eine ganz schöne Sammlung«, meinte ich höflich bewundernd.

»Ja, ja«, sagte er obenhin und machte damit gleich von Anfang an deutlich, daß er keinen Wert darauf legte, sein Hobby mit mir zu erörtern.

Na schön, da hatte er recht. Ich sagte: »Wann haben Sie Rita Castle eigentlich das erstemal getroffen?«

»Als Mister Rembeck sie zum erstenmal mit ins Büro brachte. Ich sollte die finanzielle Seite der Angelegenheit regeln.«

»Sie meinen die Miete?«

Er nickte. »Und anderes.«

»Was gab es denn noch zu regeln?«

»Nun ja, es wurden gewisse Konten eingerichtet, und sie bekam eine wöchentliche Summe für diverse Ausgaben und dergleichen. All das mußte schließlich organisiert werden, damit es absetzbar war.«

»Absetzbar von der Steuer?«

»Ja. Als Geschäftsunkosten.«

»So, so, Geschäftsunkosten also. Und wann haben Sie Rita Castle das letztemal gesehen?«

»Etwa vor sechs Wochen.«

»Wo?«

»Sie kam wieder ins Büro. Und zwar mußte sie ein paar Papiere unterzeichnen. In den Büchern lief sie nämlich als Angestellte, und ab und zu mußten Anträge und andere Formulare ausgefüllt werden.«

»Haben Sie Rita Castle jemals auf einer Party oder so erlebt?«

Er schüttelte den Kopf und lächelte dünn. »O nein. Janice und ich gehen selten aus. Wir sind mehr die häuslichen Typen.« Als wollte sie diese Feststellung unterstreichen, erschien in diesem Augenblick Janice selbst auf der Bildfläche. Zu meinem großen Erstaunen trug sie ein Tablett mit drei Gläsern Milch und einem Teller, auf dem sich hausgemachte Plätzchen häuften. Wortlos und scheu setzte sie ihre süße Last auf einem kleinen Tisch zwischen unseren Stühlen ab. Dann machte sie, daß sie wieder hinaus kam, und Kerrigan und ich mußten unseren verwirrten Dank ihrer entfleuchenden Gestalt nachstottern.

Mit unerwarteter Gastfreundschaft ist das so eine Sache. Man kann eigentlich nichts anderes tun als sie annehmen, auch wenn es wertvolle Zeit kostet. Jedenfalls saßen wir nun alle erst einmal längere Zeit da und mampften Plätzchen, die übrigens ausgezeichnet schmeckten. Als wir dem Genüge getan hatten, fragte ich: »Mit anderen Worten: Sie haben Rita Castle niemals in Gesellschaft erlebt?«

»Nur indirekt«, erwiderte er. »Ab und zu wurde ich in ihre

Wohnung bestellt, um dort mit Mister Rembeck geschäftliche Dinge zu besprechen, und dann war Miss Castle meist auch zugegen. Natürlich nahm sie nicht an den Unterredungen teil. Sie hielt sich im Hintergrund, während wir verhandelten.«

»Wieviel Geld nahm sie mit, als sie durchging?« fragte ich abrupt.

Pietrojetti warf Kerrigan einen schnellen Blick zu. »Ist schon in Ordnung, sagen Sie ihm die Zahl«, meinte der.

»Gut, Sir. Etwa achtzigtausend Dollar.«

»Wie konnte sie an so viel Geld heran?«

»Es wurde in ihrer Wohnung aufbewahrt. Ernie Rembeck hat nämlich einmal schlechte Erfahrungen mit einem Bankschließfach gemacht – die Steuerfahndung verschaffte sich mit einem Gerichtsbeschluß Zutritt –, seitdem hat er die Gewohnheit, sich verschiedene Depots einzurichten. Ritas Wohnung war auch eines.«

»Wo genau lag das Geld?«

»Das kann ich Ihnen nicht sagen.«

»Wieviel hat Rita Castle ihn jedes Jahr gekostet?«

Er überlegte gründlich. »Ungefähr elftausend Dollar. Das ist allerdings eine sehr grobe Schätzung.«

»Mit anderen Worten also: Als sie durchbrannte, nahm sie etwa sieben Jahresgehälter mit.«

Kerrigan neben mir kicherte. Aber Pietrojetti nahm die Frage sehr ernst.

»Nun ja, rechtlich ist diese Formulierung wohl kaum haltbar. Außerdem hätte sie wohl, bei genauer Kalkulation und guter juristischer Beratung, einiges von dem Geld ohnehin beanspruchen können. Als Trennungsentschädigung oder so ähnlich. Aber ich habe das noch nicht so durchgerechnet ...«

»Das ist Ihre Sache«, unterbrach ich ihn. »Aber wie war das mit Miss Castles verschiedenen Konten? Hat sie in den letzten zwei, drei Wochen vor ihrem plötzlichen Abgang ungewöhnlich viel ausgegeben?«

»Davon habe ich nichts gemerkt«, meinte er. »Ich habe natürlich die Konten geschlossen und mir die Endabrechnungen geben lassen. Soweit ich mich entsinnen kann, schien mir zu dieser Zeit keine dieser Abrechnungen außergewöhnlich hoch zu sein. Selbstverständlich könnte ich im Büro noch einmal genau nachforschen, wenn ...«

»Nein, nein, schon gut. Und Bargeld? Hat sie sich in den letzten Wochen eine besonders große Summe geben lassen?«

»Nein, das glaube ich kaum. Es wäre mir aufgefallen.«

»Okay.« Ich stand auf. »Vielen Dank, daß Sie uns Ihre Zeit gewidmet haben.«

»Oh, keine Ursache.«

»Und danken Sie bitte auch Ihrer Frau in unserem Namen für die Milch und die ausgezeichneten Plätzchen. Es war wirklich eine angenehme Überraschung.«

Das freute ihn aufrichtig. Ich merkte es aus der scheuen und verwirrten Art, wie er sich für unseren Dank bedankte, als er uns zur Tür vorausging. Seine Frau war nirgends in Sicht. Es regnete immer noch in Strömen. Wir schlugen uns zum Auto durch.

Als Dominic Brono mit uns um die Ecke gebogen war, sah mich Kerrigan beinahe ehrfürchtig an. »Alle Achtung, Mister Tobin.«

»Weshalb?«

»Sie verstehen es, auch komische Situationen zu meistern. Das hätte ich von Ihnen gar nicht erwartet.«

»Ich wohne auch in einem solchen Haus. Und in einer solchen Straße.«

»Ach, wirklich? Wie seltsam.«

21

Auch Matthew Seay hatte ein Hobby. Allerdings ein ganz anderes als der Buchhalter. Schon sein Apartment auf dem Riverside Drive in Manhattan war einigermaßen ungewöhnlich ausgestattet. Aber die Bedeutung dieses Umstandes ging mir erst viel später auf. Deshalb verschwendete ich unnötige Zeit an den Mann.

Auf der Rückfahrt von Long Island hatte Kerrigan mir einiges über ihn berichtet, allerdings nicht das Wesentliche. Er hatte mich hauptsächlich über Seays Tätigkeit aufgeklärt. Matthew Seay war sozusagen Leibwächter auf Abruf. Mit anderen Worten: Er stand der ganzen Organisation zur Verfügung und erhielt seine Aufträge, wann und von wem er gebraucht wurde.

Kerrigan nannte ihn ein »Vorzeigestück« und meinte damit, daß Seay eines jener seltenen Exemplare von Totschlägern war, mit dem man sich in der Öffentlichkeit sehen lassen konnte. Er war in der Lage, seinen jeweiligen Herrn und Meister zu allen gesellschaftlichen Anlässen zu begleiten, ohne dort besonders aufzufallen.

Daß Kerrigan mit dieser Beschreibung recht gehabt hatte, merkte ich schon, als Seay uns an der Tür empfing. Er trug einen maßgeschneiderten schwarzen Anzug, schwarze Krawatte, schwarze Schuhe und silberne Manschettenknöpfe. Er war das Musterbeispiel eines Teenager-Filmidols, groß, blond, breitschultrig, mit energisch ausgeprägtem Kinn, kurz: ein lächelnder Adonis. Auch in der besten Gesellschaft hätte niemand etwas an seiner Anwesenheit auszusetzen gefunden, ganz im Gegenteil. Und erst recht niemand wäre auf den Gedanken gekommen, daß Matthew Seay etwas so Gewöhnliches war wie der Muskelboy eines Verbrechersyndikats.

Er empfing uns überaus freundlich lächelnd und bat uns mit der gepflegten Stimme eines Radiosprechers ins Wohnzimmer, einen großen hellen Raum voll zierlicher Antiquitäten. Die Gemälde an den Wänden zeigten vornehmlich traurig dreinblikkende Clowns. Überall im Raum standen große und kleine Statuen, die ausnahmslos muskulöse Männergestalten darstellten. Über dem Kamin hingen zwei gekreuzte Schwerter.

Seay bot uns Drinks an, aber wir lehnten ab. Dann setzten wir uns, Seay auf ein grünes Sofa, ich auf ein orangefarbenes, und Kerrigan thronte auf einem spindeldürren Stuhl.

»Wissen Sie, warum wir hier sind?« fragte ich.

»Ich glaube schon«, antwortete er. »Wegen Miss Rita Castle.« Er sprach überaus deutlich und präzise, beinahe etwas herablassend.

Ich fuhr fort: »Wenn Sie mit Miss Castle zusammentrafen, so wahrscheinlich meist in Ausübung Ihrer Pflichten?«

Er nickte ernsthaft. »Ja. Wenn ich Mister Rembeck eskortierte.«

Donnerwetter! Ein Schläger, der »eskortieren« sagte. Das brachte mich aus dem Konzept, bis ich aus dem Augenwinkel beobachtete, daß Kerrigan ein Grinsen nicht ganz unterdrücken konnte. Dieser Anblick half mir wieder auf die Spur. »Sind Sie jemals auch mit Rita Castle zusammengetroffen, als Mister Rembeck nicht zugegen war?«

»O nein«, sagte er höflich lächelnd. »Ich bin beiden nur in offizieller Eigenschaft begegnet. Man könnte eigentlich nicht einmal davon sprechen, daß ich sie kannte.«

Ich war entschlossen, mich von seinem vornehmen Gehabe nicht wieder außer Tritt bringen zu lassen. »Wie hat sich Miss Castle Ihnen gegenüber benommen?«

»Oh, recht freundlich«, meinte er mit dem gleichen höflichen Lächeln. »Wir haben uns hin und wieder über Mode unterhalten.«

»Lag sie Ihnen?«

»Nun ja, natürlich war sie so ein Typ – man konnte sie kaum als Individuum ansehen, aber immerhin eine recht angenehme Vertreterin ihrer Sorte. Ich unterhielt mich eigentlich gern mit ihr.«

»Gab es jemals etwas anderes zwischen Ihnen.«

»Etwas anderes?«

Die Formulierung schien ihm erst nicht einzugehen, aber dann brach das sonnige Strahlen wieder aus ihm hervor. »Ach so! Sie sprechen von Sex! Aber nein, ich bitte Sie. Rita Castle? Nein, nie im Leben.«

»Mit anderen Worten, Sie hatten kein Interesse?« fragte ich.

»Ich würde sagen, keiner von uns beiden.« Er zuckte lässig die Schultern. »Warum auch? Ich glaube, sie verstand mich.«

Das war mehr, als ich von mir behaupten konnte. Irgend etwas an Matthew Seay schrie mir geradezu ins Gesicht, aber ich bekam einfach nicht heraus, was das war. Irgend etwas auch in der Art, wie er seine Wohnung möbliert hatte. Ich sagte: »Hätten Sie etwas dagegen, wenn ich mich mal in Ihrem Apartment umsehe? Selbstverständlich werde ich nichts berühren.«

»Aber bitte sehr.« Er wollte aufstehen, und ich sagte schnell: »Nein, danke. Ich gehe lieber allein, wenn Sie nichts dagegen haben.«

»Ganz wie Sie wünschen«, erwiderte er und deutete mit einer eleganten Geste auf die Tür, als wollte er mir sein Heiligtum symbolisch zu Füßen legen.

Als ich hinausging, versuchte er gerade zum zweitenmal, Kerrigan zu einem Drink zu bewegen; aber der blieb standhaft.

Durch einen cremefarben tapezierten Flur, vorbei an mehreren abstrakten Gemälden, gelangte ich zunächst in die Küche. Sie war groß, luftig, hatte bunte Gardinen an den Fenstern, auf den Regalen stapelten sich blankgeputzte Töpfe. Das Badezimmer war mit dunklem Leinen ausgeschlagen; über der Toilette hing ein Pferdekopf. Aber erst im Schlafzimmer ging mir ein spätes Licht auf.

Der Raum prangte in purpurrotem Plüsch. Den Akzent setzte ein ungeheuer großes Doppelbett mit ausladendem Himmel und schweren Vorhängen. Als ich die Draperie auf einer Seite vorsichtig lüftete, sah ich drinnen purpurrote Kissen und eine purpurrote Steppdecke. Über dem Bett, am Himmel befestigt, hing ein großer Spiegel.

In Reichweite von dieser lüsternen Ruhestatt stand ein kleines Bücherregal, dicht bepackt mit eigenartiger Literatur. Da stapelten sich Body-Building-Hefte und Nackedei-Magazine. Auf einer massiven Kommode drängte sich eine Unzahl von Parfümflaschen.

Das weiße Telefon auf dem Bücherregal läutete einmal kurz.

Den vielsagendsten Einblick bekam ich, als ich den großen Kleiderschrank öffnete. Der Inhalt war fein säuberlich in zwei Abteilungen getrennt. Zur Linken hingen Anzüge, zwei Smokings, dunkle Jacken – sozusagen Seays Arbeitskleidung. Seine Auffassung von Freizeitgarderobe war rechts zu finden, eine groteske, exotische Kostümsammlung. Da hingen Leopardenfelle, Satansgewänder, ein Hochzeitskleid, sogar eine Nonnengarnitur, dann eine komplette Piratenausstattung, ein Weltraumdrillich und zum Schluß das alberne Kostüm einer Mickymaus.

In der Tür hinter mir erklang Seays kultivierte Stimme. »Ein Gespräch für Sie, Mister Tobin.« Ich schloß die Schranktür und drehte mich um. Da stand er, mit einem feinen Lächeln auf dem Adonisgesicht. Offenbar machte es ihm Freude, daß ich ihm auf seine heimlichen Schliche gekommen war. Bei seinem nächsten Rendezvous mit sich selbst hier drinnen würde er sich an mein konsterniertes Gesicht erinnern. Der Gedanke jagte mir eine Gänsehaut über den Rücken.

Aber ich ließ mir nichts anmerken. »Eine sehr interessante Sammlung.«

»Danke.«

»Nach Ihren Angaben haben Sie die Nacht vom Mittwoch in Gesellschaft verbracht. Aber Sie weigerten sich, Einzelheiten anzugeben.«

Er nickte. An seinem Lächeln hatte sich nichts geändert. »So ist es.«

Ich ging schnell zum Bett, zog den Vorhang zurück und deutete nach oben zum Spiegel. »Das war wohl Ihre Gesellschaft?«

Da stand er mit feuchten Lippen, sein Lächeln war jetzt ausgesprochen lasziv, aber er sagte nur: »Sie können Ihren Anruf hier entgegennehmen, wenn Sie wünschen.«

Ich zog den Vorhang wieder zu. »Schon recht.«

Er verschwand genauso leise, wie er gekommen war. Ich trat an das weiße Telefon, nahm den Hörer und meldete mich.

Ernie Rembecks aufgeregte Stimme drang an mein Ohr. Im Hintergrund hörte ich Stimmengewirr. Es klang, als ob sich viele Leute auf einmal unterhielten. Rembeck fragte: »Sind Sie das, Mister Tobin?«

»Ja, am Apparat.«

»Augenblick bitte, ich will eben die Tür schließen.« Das Gemurmel verstummte. Wenig später kam Rembeck wieder. »Sind Sie noch da?«

»Ja.«

»Sie täten gut daran, so schnell wie möglich herzukommen.«

»Was ist denn passiert?«

»Erinnern Sie sich noch an Paul Einhorn? Der Ihnen wegrannte?«

»Ja, natürlich, das war der Mann mit der Gorillafamilie in Florida. Was ist mit ihm?«

»Die Cops haben ihn eben gefunden. Er ist tot.«

»Wo?«

»In einem Hotelzimmer in der 46. Straße. Durch den Kopf geschossen.«

»Ich muß sofort die näheren Umstände wissen«, sagte ich. »Möglichst bevor die Polizei sie weiß. Bin gleich bei Ihnen.«

»Ich werde auf Sie warten«, versprach er.

22

Rembecks Apartment steckte voller Leute, alles Männer, alle in dunklen Anzügen. Sie standen in kleinen Gruppen zusammen, unterhielten sich gedämpft; die meisten hatten ein Glas in der Hand. Es sah aus wie ein Empfang beim Bürgermeister, nur noch seriöser.

Rembeck fing mich gleich an der Tür ab. »Ich warte immer noch auf den Anruf.«

»Ich gehe solange in mein Büro«, antwortete ich. »Kommen Sie, Kerrigan.«

Wir schlängelten uns durch die Menge. Als wir endlich die Tür hinter uns geschlossen hatten, wandte ich mich an Kerrigan. »Was ist das für ein Zirkus da draußen?«

Er zuckte die Schultern. »So eine Art Totenwache. Die Boys bringen ihr Beileid zum Ausdruck.«

»Eine Totenwache ohne Leiche?«

»Ritas Eltern haben sie nach South Dakota überführen lassen. Die Beerdigung ist morgen, heute veranstalten sie dort ihre Totenwache. Als Ernie das hörte, beschloß er, hier etwas Ähnliches aufzuziehen.«

Absurde Sentimentalität ist in der Unterwelt nicht eben selten, aber das hier schoß denn doch den Vogel ab. Schließlich war das Mädchen, ehe es sein unziemliches Ende fand, Ernie Rembeck mit Pauken und Trompeten durchgebrannt. Und hatte einen Abschiedsbrief hinterlassen, der absichtlich gemein und verletzend abgefaßt war. Vielleicht war es aber gerade deshalb verständlich, daß Rembeck sich an diese seltsame Zeremonie klammerte. Die sentimentale Würde der Totenfeier sollte ihm als Trostpflaster für die erlittene Ungerechtigkeit dienen.

Jedenfalls war es für das Syndikat ein Ereignis gesellschaftlichen Ranges. Auch Kerrigan spürte das offenbar.

»Wenn Sie nichts dagegen haben, Mr. Tobin, werde ich mich da draußen mal sehen lassen.«

»Kann das noch ein paar Minuten warten? Ich möchte vorher mit Ihnen reden.«

»Worüber?«

»Über den Umstand, daß Sie meine Verdachtsperson Nummer eins sind.«

Für ein paar Sekunden zeigte er deutlich Schlagwirkung.

»Was? Na schön, wenn Sie meinen. Wußte gar nicht, daß ich mich so gut mache.«

»Sehen wir uns doch noch einmal die Liste an«, sagte ich. Ich setzte mich an meinen Schreibtisch, nahm ein Blatt Papier und fing an, die Namen aufzuschreiben. Jedesmal setzte ich ihm das Für und Wider auseinander. Kerrigan hörte mir aufmerksam zu.

»Einhorn ist tot. Also bleiben sechs Verdächtige. Von denen kommt Pietrojetti meines Erachtens am wenigsten in Frage. Er wußte zwar von dem Geld, paßt aber einfach nicht in das Bild von Rita Castles ›richtigem Mann‹. Und wenn er wirklich achtzigtausend Dollar auf die Seite schaffen wollte, so hätte Pietrojetti das viel einfacher mit ein paar Hauptbüchern und dem Rechenschieber fertiggebracht.«

Kerrigan nickte. »Genau. Pietrojetti muß ganz unten stehen, soweit stimme ich mit Ihnen überein.«

»An zweiter Stelle kommt Donner«, fuhr ich fort. »Es gibt keinerlei Gegenbeweise für seine Behauptung, daß er in den letzten achtundzwanzig Jahren keine andere Frau angesehen hat. Außerdem ist auch er wohl kaum Rita Castles ›richtiger‹ Mann.«

»Okay«, sagte Kerrigan. »Immer noch Ihrer Meinung.«

»Dritter von unten ist Lydon. Zwar ist er wenigstens jung und hat ein unglückliches Zuhause, aber ein Grundstücksmakler von seinen Ausmaßen kann sich auf leichtere Art schnell viel Geld verschaffen. Übrigens ist er ein Querulant und ein Quengler. So, wie ich Rita Castle einschätze, hätte sie für ihn nur Verachtung übrig gehabt.«

»Er scheidet auch so gut wie aus«, stimmte Kerrigan zu. »Bis jetzt kann ich jedes Wort unterschreiben.«

»Das wäre also die untere Hälfte unserer Verdächtigenliste. Die drei Spitzenkandidaten kommen sehr viel eher in Frage. Dritter von oben ist Louis Hogan. Es ist sehr gut möglich, daß er sich bei Rita Castle als ›richtiger Mann‹ qualifizieren konnte. Der kleine Zwischenfall in der Garage hat sie vielleicht erst gerade gereizt. Man darf auch nicht vergessen, daß Hogan ein Gewerkschaftsfunktionär ist. Mit anderen Worten: Es würde ihm im Notfall schwerfallen, schnell an eine größere Summe zu kommen. Vielleicht war das sein letzter Ausweg. Es erscheint mir auch gar nicht so unmöglich, daß dieser Mann über seine Verhältnisse lebte.«

Kerrigan fiel ein: »Warum steht er dann nicht an der Spitze Ihrer Liste?«

»Weil ich mir nicht vorstellen kann, daß er Rita Castle so täuschen konnte. Wie ich sie jetzt sehe, war sie ein sehr vielschichtiges, kompliziertes Mädchen, voller Tücken und Hinterlist. Jemand, der ihr Sand in die Augen streuen wollte, mußte ihr in dieser Beziehung schon ebenbürtig sein. Hogan scheint mir dafür nicht feinfühlig genug.«

»Das kann schon stimmen. Aber einen haben Sie auf der Liste vergessen. Genau genommen müßten alle, die Sie bis jetzt genannt haben, einen Platz raufrutschen.«

»Warum?«

»Weil Matthew Seay ganz unten an letzter Stelle stehen müßte.«

»Wie kommen Sie auf den Gedanken?«

»Das ist doch ganz klar. Weil Seay schwul ist.«

Ich schüttelte den Kopf. »Nein, da würde ich mich nicht so festlegen. Wahrscheinlich gibt er sich von Zeit zu Zeit mit Männern ab, aber die dienen ihm dann nur als Ersatzbilder für sich selbst. Ich bin mir ganz sicher, daß er auch bei Frauen ganz gut abschneidet, wenn er es darauf anlegt. Vor allem, wenn er sich dabei einen Vorteil ausrechnet.«

»Wenn Sie meinen?« Kerrigan schien nicht überzeugt.

»Überlegen Sie mal genau. Rita Castle und Seay haben im Grunde ganz gut zusammengepaßt. Beiden sind viele Eigenschaften gemeinsam, bei ihm allerdings bis ins Perverse übersteigert. Es war möglich, daß sie sich von ihm angezogen fühlte, weil er in der Lage war, ihre tiefsten Motive zu verstehen und nachzufühlen. Sich die beiden zusammen vorzustellen, ist ein Alptraum, aber gar nicht so unsinnig.«

Kerrigan lachte. »Wie ein paar tanzende Masken.«

Das Bild war mir selbst schon gekommen. Zwei Marionetten, die im Halbdunkel nach einer unbekannten, unverständlichen Melodie tanzten.

Nur eines paßte nicht. Marionetten pflegen sich nicht mit stumpfen Gegenständen die Schädel einzuschlagen. Ich schüttelte den Kopf. Diese Gaukelei half mir auf jeden Fall nicht weiter.

»Wie dem auch sei«, stellte Kerrigan fest, »auf jeden Fall bleibe ich der einzige Spitzenkandidat.«

Ich mußte ihm zustimmen. »Ja, Sie sind der Favorit.« Ich schrieb seinen Namen ganz oben auf die Liste.

»Darf ich wenigstens fragen, warum?«

»Was Frauen angeht, sind Sie ungebunden, deshalb können Sie Affären anfangen, so viel und so lange Sie wollen. Ihre Jugend, Ihr Selbstvertrauen und nicht zuletzt Ihr persönlicher Stil könnten Sie in Ritas Augen zu einem ›richtigen‹ Mann gemacht haben. Außerdem sind Sie intelligent genug, um die Sache ausgeklügelt zu haben, und wahrscheinlich besitzen Sie auch die nötige Gerissenheit dazu. Dann bezweifle ich, daß Ihr Job Ihnen die Möglichkeit dazu gibt, schnell an viel Geld heranzukommen, wenn Sie es brauchen. Auf der anderen Seite ist Ihnen ohne weiteres zuzutrauen, daß Sie über Ihre Verhältnisse leben. Und ganz besonders, wenn Sie in die Finger einer Frau wie Rita Castle geraten sein sollten.«

Er bedachte mich mit einem dünnen Lächeln. »Das scheint ja ein hieb- und stichfester Fall zu sein. Was wollen Sie denn nun unternehmen?«

»Ich bin trotzdem noch nicht ganz davon überzeugt, daß Sie mein Mann sind. Deshalb werde ich Rembeck vorläufig nichts davon sagen.« Ich legte den Bleistift hin, lehnte mich zurück und studierte Kerrigans Gesicht. »Wäre ich noch bei der Polizei, würde ich Sie jetzt festnehmen und zum Verhör ins Präsidium bringen lassen. Ich würde dafür sorgen, daß wir Sie wenigstens fünfzehn Stunden festhalten könnten, und dann kämen Sie in die Mangel. Wissen Sie, wie das ist? Pausenlose Verhöre, jedenfalls für Sie; die Beamten wechseln sich ab. Zum Schluß könnten wir dann Ihre Gedanken lesen.«

Er grinste selbstsicher. »Ich kenne die Methoden. Aber keine Angst, Mr. Tobin, am Ende wären Sie noch genauso schlau, und bewiesen wäre nichts.«

»Aber ich denke nun einmal wie ein Cop, und diese Prozedur wäre für mich der nächste logische Schritt. Da ich aber kein Cop mehr bin, muß ich mir eben was anderes einfallen lassen.«

»Haben Sie denn schon eine Idee, wie Sie mich weichkriegen?«

»Doch, ein wenig schon. Und Sie sollen mir dabei helfen.«

Er spielte den Resignierten. »Ganz wie Sie wünschen, Mr. Tobin. Sie brauchen mir nur zu sagen, was ich tun soll.«

»Zwei Dinge sollen Sie tun. Erstens: Klären Sie mich einmal lückenlos über Ihren Gefühlshaushalt auf. Die Preisfrage heißt: Waren Sie gegen eine Frau wie Rita Castle wirklich immun? Beweisen Sie mir das mal. Und zweitens: Weisen Sie mir unanfechtbar nach, daß Sie genug Geld haben, daß Ihr Bankkonto ausgeglichen ist, kurz, daß es für Sie keinerlei finanziellen Notstand gibt oder gegeben hat noch in absehbarer Zeit geben dürfte.«

Kerrigan grinste und schüttelte den Kopf: »Tut mir leid, Mr. Tobin, aber das kann ich nicht.«

»In keinem dieser beiden Punkte?«

»In keinem. Zunächst einmal mein Gefühlshaushalt, wie Sie es nennen. Der ist eine Katastrophe. Wenn Sie es genau wissen wollen: Ich bin immer noch nicht von meiner früheren Frau geheilt. Und seit einiger Zeit huldige ich der Ansicht, daß möglichst viele und abwechslungsreiche Affären dagegen die beste Medizin sind. Eins können Sie mir glauben: Hätte ich Rita Castles Flirtereien auch nur einen Augenblick als ernstgemeint empfunden, wäre ich bestimmt darauf hereingefallen. Ich handele nun einmal nach der Devise, daß irgendeine schon das richtige Gegengift gegen mein verhunztes Liebesleben sein wird.«

»Und wie ist es mit den Finanzen?«

»Da haben Sie vorhin genau in die richtige Kerbe gehauen«, meinte er. »Seit neun Jahren lebe ich über meine Verhältnisse. Nie besonders schlimm, aber doch spürbar. Im Augenblick ist es keineswegs kritischer als sonst, aber auch nicht besser. Auch dabei spielt meine Exgattin eine Rolle. Ich zahle ihr ganz hübsche Summen als Unterhalt.«

»Also können Sie gar nichts zu ihrer Entlastung anführen?« fragte ich.

»Ich kann Ihnen nur versichern, daß Rita Castle niemals ernsthaft mit mir angebändelt hat. Es gab keine Affäre zwischen uns, und ich habe sie auch nicht umgebracht.«

»Dann werde ich mir für Sie noch etwas anderes ausdenken müssen.«

Er sah mir direkt in die Augen. »Warum zögern Sie eigentlich noch, Mr. Tobin? Liefern Sie mich doch einfach Ernie Rembeck aus. Der hat auch seine Verhörspezialisten, und die brauchen wahrscheinlich nicht einmal fünfzehn Stunden, um ans Ziel zu kommen.«

»Das werde ich erst tun, wenn ich mir ganz sicher bin.«

»Und warum sind Sie sich noch nicht ganz sicher?«

»Eines kann ich mir noch nicht erklären: Wenn Sie Rita Castle ermordet haben, dann waren Sie es auch, der die Dynamitfalle in meinem Büro gelegt hat. Mit anderen Worten, dann wollten Sie mir an den Hals. Aber allein heute hatten Sie mindestens viermal Gelegenheit, mich um die Ecke zu schaffen, und Sie haben nicht eine davon genützt.«

»Ei verflucht, das ist Logik. Und was wäre, wenn ich eine dieser Chancen genutzt hätte?«

»Dann läge jetzt wohl einer von uns beiden im Leichenschauhaus.«

Bevor er eine Antwort herausbrachte, flog die Tür auf. Rembeck kam hereingestürmt. Zufrieden grinsend verkündete er: »Alles okay und ausgestanden, Mr. Tobin. Eben kam der Anruf.«

»Was für ein Anruf?«

»Die Sache mit Paul Einhorn. Es war Selbstmord.«

Er wandte sich an Kerrigan. »Begreifst du jetzt? Paul war Ritas Mörder. Darum suchte er auch das Weite. Aber er wußte, daß sich das Netz um ihn zusammenzog. Aus diesem Grund legte er die Bombe und brachte sich schließlich selbst um.«

Für Rembeck bestanden keinerlei Zweifel mehr. Zu mir sagte er: »Wenn Sie wollen, Mr. Tobin, können Sie sich selbst überzeugen. Mein Gewährsmann ist noch am Apparat.«

Ich sah Kerrigan gerade in die Augen. »Jetzt bin ich meiner Sache sicher.«

23

Rembeck starrte uns entgeistert an. »Was soll das heißen?«

Kerrigan drehte sich zu mir um und bat: »Kann ich es ihm selbst sagen?«

»Nur zu.«

Er bedankte sich durch ein höfliches Nicken. Der Mann war

wirklich nicht aus der Ruhe zu bringen. Zu Rembeck gewandt, begann er: »Mr. Tobin hat die fixe Idee, daß ich der Mörder bin. Wir haben uns eben ausgiebig darüber unterhalten. Er sagte mir, daß ich in seiner Verdachtsliste ganz oben stehe. Aber er war sich noch nicht hundertprozentig sicher. Bis eben.«

Rembecks Miene hatte sich immer mehr verdüstert. Er musterte uns nacheinander wütend und fragte mich dann: »Stimmt das?«

»Ja.«

Kerrigan erläuterte: »Pauls Tod hat ihn offenbar endgültig von meiner Schuld überzeugt.«

Er sah mich an: »Stimmt das, Mr. Tobin?«

»Es kommt darauf an, wie Einhorn starb.«

»Was soll das nun wieder heißen?« fragte Rembeck. »Ich sagte Ihnen doch gerade, er hat sich selbst erschossen.«

»Vielleicht, vielleicht auch nicht.«

Man kann nicht behaupten, daß Kerrigan meinen Verdacht auf die leichte Schulter nahm, aber die Sache schien ihn auch nicht weiter aus dem Gleichgewicht zu bringen. Er sagte zu Rembeck: »Mr. Tobin nimmt wohl an, daß Paul am Ende überhaupt nicht Selbstmord begangen hat. Er scheint zu glauben, daß einer ihn umbrachte und Selbstmord vortäuschte. Und dieser eine scheine ich zu sein.«

»Aber warum?« wollte Rembeck wissen.

»Kerrigan macht sich als Berichterstatter ganz gut«, erklärte ich. »Lassen Sie ihn nur weitererzählen.«

»Gern«, sagte Kerrigan. »Weißt du, Ernie, das alles ist ganz einfach. Jedenfalls für Mr. Tobin. Ich habe auch nie bestritten, daß die Sache plausibel klingt.«

»Nun red schon endlich«, drängte Rembeck.

Kerrigan kam der Aufforderung nach. »Ich bin in Geldschwierigkeiten. Nicht schlimm, aber chronisch, und mit Frauen komme ich seit meiner Scheidung auch nicht mehr richtig zurecht. Das sind meine beiden Motive. Was die Gelegenheit zur Tat betrifft, so komme ich zumindestens genauso in Frage wie die anderen Verdächtigen. Und schließlich hat Mr. Tobin mich auch noch als Ritas ›richtigen‹ Mann abgestempelt.«

»Was hat das alles mit Paul zu tun?« wollte Rembeck wissen.

»Das kann ich dir auch genau erklären«, antwortete Kerrigan. »Jedenfalls so, wie Mr. Tobin es sieht. Ich habe Paul beiseite genommen, damals, als wir in seiner Wohnung waren, und ihn dazu überredet, das Weite zu suchen. Ich sagte ihm, er sollte sich später mit mir in Verbindung setzen. Er ließ mich sein Versteck wissen, ich ging hin, brachte ihn um und täuschte einen Selbstmord vor.«

»Aber warum?« warf Rembeck ein.

»Um ihn als das schwarze Schaf hinzustellen. Du selbst warst doch eben noch davon überzeugt, daß er der Täter war und sich aus Verzweiflung schließlich selbst umbrachte.«

Rembeck sah mich grimmig an und fragte: »Hat er Ihre Ansicht richtig wiedergegeben?«

»Jawohl.«

Er wandte sich an Kerrigan. »Was sagst du dazu?«

»Ganz einfach: Ich war es nicht.«

»Dann wollen wir die Sache mit Einhorn mal nachprüfen«, fiel ich ein. »Kann ich das Gespräch hier annehmen?«

»Ja«, erwiderte Rembeck. »Drücken Sie nur Knopf 72 auf Ihrem Apparat.«

Ich nahm den Hörer, drückte den Knopf und fragte: »Sind Sie noch da?«

»Wer spricht da?« kam es mißtrauisch zurück.

»Das tut nichts zur Sache. Sie sollen mir über den Mordfall Einhorn berichten.«

»Selbstmordfall.«

»Bitte Einzelheiten.«

»Der Tote wurde im *Warrington Hotel* aufgefunden, Zimmer 516. Er hatte sich dort heute nacht um ein Uhr zehn als Paul Standish eingemietet. Gepäck hatte er keins. Gegen halb eins heute mittag ging das Stubenmädchen hin und wollte das Zimmer saubermachen. Sie klopfte an, hörte den Schuß, nahm dann ihren Paßschlüssel, um ...«

»Sekunde mal«, unterbrach ich ihn. »Sagen Sie das noch einmal. Das Mädchen klopfte erst und hörte dann den Schuß?«

»Stimmt. Sobald er das Klopfen hörte, erschoß er sich. Das Mädchen öffnete die Tür unmittelbar darauf.«

»Sie holte nicht erst den Geschäftsführer?«

»Nein. Sie ging sofort hinein, sah ihn auf dem Boden liegen und alarmierte vom Zimmer aus die Geschäftsleitung.«

»Ist draußen vor dem Fenster eine Feuerleiter oder irgendein Vorsprung?«

»Nein. Und es gibt auch keinerlei Verbindungstüren zu angrenzenden Räumen. Es war Selbstmord, daran ist nicht zu rütteln. Er drückte sich den Revolver an die Schläfe und schoß. Es handelt sich einwandfrei um eine Kontaktwunde, außerdem sind nur seine Fingerabdrücke an der Waffe. Der Paraffintest an seinen Händen ist ebenfalls positiv ausgefallen.«

Ich wollte nicht so schnell aufgeben. »Wo war der Revolver? In seiner Hand?«

»Nein, auf dem Fußboden, neben ihm.«

»Warten Sie bitte einen Augenblick, ich muß nachdenken.«

»Lassen Sie sich nur Zeit«, meinte die Stimme zuvorkommend.

Rembeck und Kerrigan beobachteten mich scharf. Ihre Blicke machten mich nervös. Ich schloß die Augen und grübelte.

Der Selbstmord paßte ins Bild, das mußte ich zugeben. Einhorn war zum letztenmal in seinem verpfuschten Leben davongerannt. Nach Kerrigans Strafpredigt hatte er fest damit gerechnet, daß ihn sein Vater und seine Onkel zurück nach Florida holen würden, diesmal wahrscheinlich für immer. Das war zuviel für ihn gewesen. Er besorgte sich eine Waffe – nichts ist in New York leichter zu bekommen als das – und schloß sich in dem Hotelzimmer ein. Wahrscheinlich hatte er sich die ganze Zeit umbringen wollen, aber erst als es klopfte, packte ihn der Mut der Verzweiflung. Er dachte, es wären die Verfolger. Da setzte er die Waffe an und drückte ab.

Jawohl, das gab Sinn.

Ich öffnete die Augen wieder und sagte in den Apparat: »Wer sind Sie?«

»Das gehört nicht zur Abmachung.«

»Wie soll ich dann wissen, daß ich Ihren Informationen trauen kann?«

»Das können Sie.«

»Sind Sie bei der Polizei?«

»Das gehört auch nicht zur Abmachung.« Er legte auf.

Ich sah Rembeck forschend an. »Inwieweit kann ich mich auf Ihren Informanten verlassen?«

»Er weiß Bescheid. Seine Angaben sind hundertprozentig okay.«

»Also war es Selbstmord«, stellte ich fest. Kerrigan sah nun doch erleichtert aus. Bald danach hatte er wieder sein altes sardonisches Grinsen aufgesetzt.

»Ist Roger nun aus der Schußlinie?« fragte Rembeck.

»Aus der Schußlinie schon«, meinte ich. »Aber nicht von der Liste runter.«

Komischerweise schien Rembeck über diese Auskunft gar nicht so erfreut zu sein. Wahrscheinlich hatte er geglaubt, endlich ein Ventil für seine Wut und seine ganze Rachlust zu haben. Jetzt mußte er alles wieder herunterschlucken. Ohne Kerrigan anzusehen, brummte er: »Na gut, ich bin draußen, wenn ihr mich braucht.«

»Was ist mit den Vorstrafenregistern?« rief ich ihm nach.

»Ach so.« Er drehte sich um. »Das hab' ich bei der ganzen Aufregung vergessen. Sie liegen in Ihrer obersten Schreibtischschublade.«

»Gut, vielen Dank.«

Als er draußen war, fragte Kerrigan: »Sind Sie jetzt mit mir fertig?«

»Ja. Übrigens, ist Rembecks Anwalt auch da draußen?«

»Welcher, Canfield?«

»Ja. Wenn er da ist, möchte ich ... Halt, einen Augenblick. Hat Rembeck etwa mehr als einen Anwalt?«

»Aber klar. Rembeck hat zwei Anwälte. Canfield ist der Rechtsvertreter der Organisation, aber mit Ernies persönlichen Affären hat er nichts zu tun.«

»Das hätte ich vorher wissen sollen«, meinte ich gedehnt. »Na schön. Also wer ist der persönliche Anwalt?«

»Sam Goldberg. Er stand auf Ihrer ersten Liste, hatte aber ein einwandfreies Alibi.«

»Ist er da?«

»Ich weiß nicht; könnte sein.«

»Ich möchte mit ihm sprechen.«

»Schön, ich sehe mal nach.« Kerrigan verschwand.

Ich nutzte die Zeit, um die Vorstrafenregister meiner sechs Verdächtigen zu überprüfen. Eine recht instruktive Lektüre.

Matthey Seay konnte eine ansehnliche Latte vorweisen. Alle Delikte stammten aus dem letzten Jahrzehnt: dreimal illegaler Rauschgiftbesitz, einmal Verführung Minderjähriger, einmal schwere Körperverletzung — den Unterlagen nach hatte er einen Seemann in einer Bar schwer verprügelt —, dann kamen noch ein Autodiebstahl und zwei Festnahmen wegen Handels mit pornographischen Schriften. Das letztemal war er vor sieben Jahren festgenommen worden. Obwohl mehrfach mit Bewährungsfrist verurteilt, hatte er nie gesessen.

Louis Hogan hatte nicht gelogen. Über ihn gab es keinerlei Polizeiunterlagen.

Aber Joseph Lydons weiße Weste hatte ein paar Flecken. Zwei Festnahmen wegen unerlaubten Waffenbesitzes, dann eine Anklage wegen Körperverletzung nach einer Schlägerei mit einem seiner Mieter. Er war jedoch nie verurteilt worden.

Am ergiebigsten war Frank Donner. Bei der Polizei mußte er eine ganze Akte füllen, aber gesessen hatte auch er nur zweimal. Das erstemal vor dem Krieg wegen gefährlicher Körperverletzung, und dann einmal später, wegen Fälschung und Erpressung. Zu den vielen anderen Delikten, für die er zum Teil gar nicht, zum Teil mit Bewährung verurteilt worden war, gehörten Bestechung, räuberische Erpressung, Brandstiftung und Körperverletzung. In den letzten zwölf Jahren jedoch war er der Polizei nicht aufgefallen. Immerhin, Donner mußte stets tolle Anwälte zur Hand gehabt haben.

Das konnte man von William Pietrojetti, dem Buchhalter, wohl weniger behaupten. Er war zweimal festgenommen und verurteilt worden und hatte seine Zeit auch jedesmal brav abgesessen. Zum erstenmal hatten sie ihn vor Jahren wegen Steuerhinterziehung drangekriegt, zum zweitenmal wegen Hehlerei.

Dossiers waren keineswegs erfreulich zu lesen, aber ich wußte genau, daß sie sozusagen nur den sichtbaren Teil des großen Eisbergs darstellten. Unter der Oberfläche lag eine Unzahl von Verbrechen und Vergehen, für die diese sechs Leute nie zur Rechenschaft gezogen worden waren.

Wenn ich es nur richtig drehte, konnte ich jeden dieser sechs als Täter aufbauen und Ernie Rembeck ausliefern. Wirklich, ich hätte mir die Sache einfach machen können, hätte meine fünftausend Dollar einstreichen und mich zu meiner Mauer nach Hause verziehen können. Was machte es bei dieser Unzahl von Verbrechen schon aus, wer von den sechs den Mord an Rita Castle angehängt bekam?

Aber es ging nicht. Wenn ich mir die Sache doch nicht so einfach machte, dann lag das weder an meinem Verantwortungsgefühl noch an dem Wunsch, der Gerechtigkeit zum Sieg zu verhelfen. Es war einfach der jahrzehntelange Drill, der es mir unmöglich erscheinen ließ, einen solchen Job nicht sauber bis zu Ende zu führen. Wenn ich einen der sechs den Behörden oder Rembeck übergab, dann mußte ich mir sicher sein, daß es auch der richtige Mann war.

Während ich noch über den sechs Dossiers grübelte, kam Rembeck wieder herein. »Was, um Himmels willen, wollen Sie denn von Goldberg?«

»Hören Sie zu . . .«, erwiderte ich. Aber er ließ mich nicht zu Wort kommen. »Goldberg hat nichts mit der Organisation zu tun. Er ist für meine persönlichen Angelegenheiten da.«

»Trotzdem habe ich einige Fragen an ihn.«

»Nein, Ihre Nachforschungen erstrecken sich auf die Organisation. Da kann Ihnen Goldberg nicht helfen.«

»Rita Castle gehörte aber nicht zur Organisation«, erinnerte ich ihn.

»Sie brauchen Goldberg nicht.« Er blieb stur.

»Entweder rede ich mit Goldberg, oder ich lasse den Fall sausen.«

»Sie wollen also aufhören? Damit drohen Sie dauernd. Wollen Sie wirklich aufhören?«

Natürlich wünschte ich nichts sehnlicher, als die Sache hinzuschmeißen, sofern ich einen Grund dafür fand. Aber zu Rembeck sagte ich nur: »Ja, das werde ich. Vorausgesetzt, daß Sie mich nicht mit Sam Goldberg reden lassen.«

»Dann hören Sie auf, verdammt noch mal!« schrie Rembeck. »Hauen Sie ab, auf Wiedersehen!« Er stelzte wütend aus dem Zimmer und ließ die Tür hinter sich offen.

24

Kerrigan fing mich am Lift ab. Er wollte wissen, was vorging. Ich erklärte ihm, Rembeck hätte meinen Rücktritt angenommen. Er fragte ungläubig: »Wollen Sie etwa sagen, daß Sie passen?«

»Nein. Ich will sagen, daß ich jetzt nach Hause gehe und keinen Gedanken mehr an diesen ganzen Quatsch verschwende.«

»Aber das können Sie nicht.«

»Und wie ich das kann.« Ich ging. Unten am Eingang fuhr der Portier ehrerbietig mit der Hand an die Mütze, nannte mich »Sir« und fragte, ob er ein Taxi besorgen solle. Ohne ihn zu beachten, marschierte ich los. Ich ging zur nächsten U-Bahn-Station und nahm einen Zug nach Queens.

Zu Hause kam es mir sehr leer und einsam vor. Darum rief ich Kate in Patchogue an und sagte ihr, sie könne jetzt ruhig wiederkommen. Ich hätte den Job an den Nagel gehängt. »Warum?« wollte sie wissen. Ich erklärte ihr, mein Arbeitgeber hätte mir Knüppel zwischen die Beine geworfen, die es mir unmöglich machten, die Sache weiter zu verfolgen. Ob das nicht nur ein Vorwand wäre, fragte sie.

»Kann schon sein«, meinte ich. »Aber es ändert nichts an der Sache.«

Der Regen hatte nachgelassen. Es nieselte nur noch. Ich ging in den Hof, nahm die Planen von dem Loch und fing an, aus den schweren Betonblöcken das Fundament für meine Mauer zusammenzufügen. Ich ging dabei sehr vorsichtig zu Werke, damit ja keine Unebenheiten entstanden. Diese knifflige Arbeit nahm mich vollständig in Anspruch, und ich kam überhaupt nicht mehr dazu, an den Mordfall Rita Castle zu denken.

Zwei- oder dreimal hörte ich, wie drinnen das Telefon klingelte. Aber ich hatte Besseres zu tun, als an den Apparat zu gehen.

Ich arbeitete so lange, bis es zu dunkel wurde, und auch dann deckte ich nur widerwillig die Plane über das Loch. Kate und Bill hätten längst zu Hause sein müssen. Also rief ich noch mal in Patchogue an. Die beiden waren immer noch dort. Kate sagte: »Ich habe versucht, dich anzurufen, aber du hast nicht geantwortet.«

»Ich war im Hof.«

»Wir wollen die Nacht über noch hierbleiben«, sagte sie. »Morgen früh kannst du dann sagen, ob du uns wirklich wieder zu Hause haben willst.«

»Ich stoße meinen Entschluß ganz bestimmt nicht um.«

»Trotzdem bleiben wir lieber heute nacht noch hier.«

Da konnte ich nichts machen. Ich bereitete mir schnell ein improvisiertes Abendessen und setzte mich dann ins Wohnzimmer vor den Fernsehapparat. Das Telefon klingelte nicht mehr. Um halb zwölf ging ich zu Bett. Die Arbeit an der Mauer hatte mich so übermüdet, daß ich sofort einschlief.

Der Sonntagmorgen war immer noch sehr bewölkt, aber es regnete nicht mehr. Ich frühstückte hastig, verzichtete auf das Rasieren und war um neun schon wieder im Hof.

Sie kamen kurz vor elf und waren zu dritt: Rembeck, Kerrigan und eine kleine Kugel von Mann mit schlohweißem Haar, randloser Brille und einem schwarzen Aktenkoffer in der Hand. Die Klingel hatte ich wohl nicht gehört, jedenfalls bemerkte ich ihre Ankunft erst, als sie schräg über den Hof auf mich zukamen.

Mir wurde schlagartig klar, daß ich nie geglaubt hatte, so leicht davonzukommen. Ich wußte, der Job würde mir nachlaufen, bis alles erledigt, Rita Castles Mörder gefaßt und seiner Strafe zugeführt war.

Ich stand auf meine Schaufel gestützt und sah den drei Eindringlingen entgegen. Rembeck und Kerrigan blickten überrascht auf das Loch und die Berge von Material, die sich im Hof stapelten. Der dritte aber hatte keinen Blick für seine Umgebung. Er stampfte keuchend im Kielwasser der beiden anderen, ein alter fetter Bock, der sein Leben lang im Überfluß geschwelgt hatte und nun den Eindruck erweckte, als hätte man ihn plötzlich mitten in der Wüste ausgesetzt.

Die drei Besucher blieben vor mir stehen. Rembeck war offenbar keineswegs versöhnt. Er deutete mit dem Daumen auf den Dicken und erklärte kurz angebunden: »Okay, da ist Bill.« Ich machte einen lahmen Versuch, ungeschoren zu bleiben. »Sie haben doch meinen Rücktritt angenommen.«

Die Antwort kam von Kerrigan. »Mr. Tobin, gehen Sie einmal davon aus, daß Ernie Sie nur im Namen der Organisation engagiert hat. Mit anderen Worten, Sie haben für die Organisation gearbeitet, und die Organisation hat Ihren Rücktritt weder angenommen noch wird sie es in Zukunft tun.«

»Aha, verstehe.« Es hatte keinen Zweck, sich auf Diskussionen einzulassen. Ich legte die Schaufel hin, kletterte aus dem Loch und erklärte: »Wenn Sie drinnen auf mich warten wollen, dann mache ich mich schnell sauber.«

Der dritte Mann – nach Rembecks kurz angebundener Erklärung zu urteilen, mußte es sich um Sam Goldberg handeln – fauchte: »Um halb zwölf habe ich eine Verabredung.«

»Heute ist Sonntag«, erwiderte Rembeck gereizt. »Was wollen Sie da mit Verabredungen?«

»Das hier habe ich auch nicht gewollt«, gab Goldberg zurück. Der Fettsack ließ sich offensichtlich nichts gefallen.

Ich führte sie ins Haus und überließ sie im Wohnzimmer sich selbst. Oben duschte ich, und dann rasierte ich mich. Als ich wieder im Wohnzimmer auftauchte, empfing mich Goldberg mit den Worten: »Könnten wir das nicht so schnell wie möglich hinter uns bringen?«

»Selbstverständlich«, erwiderte ich. Ich setzte mich hin, sah ihn scharf an und ließ meine Bombe los. »Wann kam Rembeck wegen der Scheidung zu Ihnen?« Kerrigan war von den Socken, aber Rembecks grimmige Miene sagte mir, daß er dieses Thema hatte kommen sehen. Goldberg antwortete: »Etwa vor drei Monaten.«

»Was ist in der Sache bisher unternommen worden?«

»Meinen Sie den Papierkrieg? Nichts.«

»Warum nicht?«

Er zuckte die feisten Schultern. »Es lag an Ernie. Er wußte selbst nicht, was er wollte. Heute so, morgen wieder anders.« Und zu Rembeck gewandt, meinte er halb entschuldigend: »Sie haben mir gesagt, ich soll offen mit ihm reden.«

»Schon gut«, brummte Rembeck.

»Verbindlichsten Dank«, sagte ich. »Also wußte er lange Zeit nicht, was er wollte. Hat er sich denn schließlich zu einer Entscheidung durchgerungen?«

»Entscheidungen hat er jeden Tag getroffen«, schnaubte Goldberg verächtlich. »Nur lauteten sie jeden Tag anders. Nein, ja, nein, ja. Das letzte Wort war, soweit ich mich erinnere, nein.«

Rembeck startete einen verzweifelten Versuch, das Gesicht zu wahren. »Sam, jetzt übertreiben Sie aber. So groß war das Hin und Her doch auch wieder nicht.«

Aber Goldberg war nun einmal sauer und nicht gewillt, auf Rembecks Würde Rücksicht zu nehmen. »Ich habe Ihnen doch tausendmal gesagt, Ernie, dieses Mädchen hat Sie nur zum Narren gehalten.«

»Haben Sie die Sache schon mit Mrs. Rembeck erörtert?« fragte ich.

Goldberg schüttelte den Kopf. »Wie konnte ich das? Rembecks Entschluß hielt nie lange vor.«

»Haben Sie Mrs. Rembeck denn von der Sache erzählt, oder war es Rembeck selbst?«

Rembeck rief wütend dazwischen: »Sie weiß nichts davon! Niemand hat ihr etwas gesagt. Sie weiß es nicht, ganz bestimmt nicht.«

Goldberg zuckte wieder die Schultern. »Wenn sie es weiß, dann jedenfalls nicht von mir.«

Ich betrachtete ihn aufmerksam. »Ich habe den Eindruck, Sie konnten Rita Castle nicht ausstehen.«

»Ich ziehe es vor, nicht schlecht über Tote zu reden.«

»Wie pflegten Sie denn über sie zu reden, als sie noch am Leben war?«

Er sah mich erst überrascht an und stieß dann plötzlich ein lautes, beinahe lustiges Lachen aus. »Das kann ich Ihnen sogar mit Vergnügen erzählen. Als sie noch lebte, pflegte ich sie folgendermaßen zu charakterisieren: schäbige Goldgräberin, billiges Luder und sonst noch einiges in der Richtung. Von Ernie hielt sie so wenig, daß sie sich nicht einmal die Mühe machte, ihre Verachtung zu verbergen. Sie wollte ihn ausschließlich aus kommerziellen Gesichtspunkten heiraten. Er hätte es sein Leben lang bereut. Das habe ich ihm selbst oft genug gesagt. Hätte er nicht versprochen, ihr unsinniges Theaterunternehmen zu finanzieren, hätte sie ihn überhaupt keines Blickes mehr gewürdigt. Und wenn Sie es genau wissen wollen: Das Stück hätte immer noch länger gedauert als die ganze Ehe.«

Ich wandte mich an Rembeck. »Welches Stück?« er sah äußerst bockig aus, antwortete dann doch. »Hedda Gabler.« Er räusperte sich. »Rita wollte Regie führen.«

»Wollte sie nicht selbst auftreten?«

»Nein. Das reichte ihr nicht mehr. Sie wollte höher hinaus.«

»Und Sie sollten der Produzent sein?« fragte ich Rembeck. Er war jetzt durch und durch verlegen.

»Ja«, meinte er schulterzuckend. »Schließlich sollte das Stück nicht auf dem Broadway starten.« Das schien in seinen Augen eine Entschuldigung zu sein.

»Wie weit war die Sache schon gediehen?«

»Gar nicht. Es sollte losgehen, wenn wir — nachdem wir ...«

»Nach Ihrer Heirat also.« Er blieb stumm.

»Warum haben Sie mich belogen?« wollte ich wissen. »Warum haben Sie mir das alles nicht gleich gesagt.«

»Sie ist doch tot«, erwiderte Rembeck. »Es war alles vorbei. Was hätte es geändert, wenn ich Ihnen die ganze Geschichte erzählt hätte?«

»Ich hätte dann gleich klargesehen. Statt dessen habe ich nun wertvolle Zeit verloren. Ich mußte furchtbar ackern, bis ich herausbekam, was Sie mir gleich hätten sagen können.«

Er sah mich jetzt fast reumütig an. »Wollen Sie die Wahrheit hören? Ich schämte mich. Ich hatte doch gemerkt, daß Sam mit seinem Urteil über sie recht hatte. Alle hatten recht, nur ich nicht. Das wußte ich in dem Augenblick, als ich ihre Abschiedsnachricht fand.«

»Ja, diese Nachricht«, meinte ich gedehnt. »Mir ist sie genauso unangenehm wie Ihnen, allerdings aus einem anderen Grund.« Ich stand auf. »Nun muß ich noch einmal nach Allentown.«

25

Rembeck wollte unbedingt mitkommen, trotz meiner Versicherung, daß es für ihn nichts zu sehen und zu hören gäbe. Ich hätte ihn aus bestimmten Gründen lieber nicht dabei gehabt, aber das ließ sich nun einmal nicht ändern. Wir setzten Sam Goldberg in der City ab, und dann ging die Fahrt wieder nach Westen. Die schwere Limousine ließ ihre Pferdestärken spielen. Kerrigan saß vorn neben dem Chauffeur; es war wieder Dominic Brono. Rembeck und ich lehnten hinten im Fond, jeder in seiner Ecke, jeder schweigend und in Gedanken versunken. Aber während Rembeck düster vor sich hinstarrte, war ich eher optimistisch. Ich wußte zwar noch nicht genau, wo die Fäden in diesem ganzen Chaos zusammenliefen, wer hinter allem steckte, aber jetzt waren wenigstens alle falschen Spuren beseitigt, die bisher nur Verwirrung gestiftet hatten. Ich hatte das bestimmte Gefühl, kurz vor dem Ziel zu stehen. Vielleicht würde ich es heute noch erreichen.

Der größte Teil der Fahrt wurde schweigend zurückgelegt. Nur einmal unterhielt ich mich kurz mit Kerrigan, und Rembeck hörte gespannt zu. Er glaubte offenbar, daß jedes Wort seine wankende Welt wieder ins Gleichgewicht rücken konnte. Mein Gespräch mit Kerrigan diente dazu, einer Spur auf den Grund zu gehen, an die ich zwar selbst nicht glaubte, die ich aber nicht unbeachtet lassen konnte.

»Kerrigan, noch eine Frage. Für die Organisation ist Rembeck doch ein wichtiger Mann, oder?«

Kerrigan drehte sich zu mir um. »Aber klar. Schließlich leitet er einen ganzen Distrikt.«

»Demnach sorgt die Organisation dafür, daß mit Rembeck auch alles in Ordnung ist?«

Er dachte einen Augenblick nach. Die Formulierung gefiel ihm offensichtlich nicht hundertprozentig. Schließlich antwortete er: »In gewisser Hinsicht schon. Die Organisation muß natürlich darauf achten, daß Ernie für sie nicht an Wert verliert.«

»Könnte die Organisation dann nicht Rita Castle als eine Gefahr für das reibungslose Funktionieren der Maschinerie angesehen haben? Vielleicht ist sie von der Organisation beseitigt worden?«

Wieder dauerte es eine Weile, bis er antwortete. »Grundsätzlich wäre so etwas schon möglich, aber in diesem Fall war es nicht so.«

Ich ließ mich nicht so schnell abspeisen. »Trotzdem frage ich mich, wie sich die Organisation verhalten hätte, wenn die Beseitigung von Rita Castle wirklich auf ihr Konto ging? Dann wären Sie, Kerrigan, doch ausgeschickt worden, um zu verhindern, daß ich auf die richtige Spur komme.«

Er schüttelte den Kopf. »So hätten wir das auf keinen Fall erledigt«, stellte er fest.

»Freut mich zu hören. Wie denn?«

»Bevor Ernie Sie engagieren konnte, mußte er die Genehmigung dazu haben. Und die hätte er nicht bekommen, wenn die Organisation Rita aus dem Wege geräumt hätte. Dann wäre ihm gesagt worden, der Organisation sei aus bestimmten Gründen daran gelegen, daß er die Finger von der Sache läßt.«

Ich wandte mich an Rembeck. »Gesetzt den Fall, man hätte Ihnen das gesagt: Was hätten Sie dann getan?«

»Nichts – gewartet. In der Hoffnung, daß ich vielleicht später Gelegenheit haben würde, die Sache doch noch aufzuklären.«

»Also hätten Sie nicht widersprochen?«

Die Antwort kam von Kerrigan. »Der Organisation widerspricht man nicht.«

»Na schön«, erwiderte ich. Und zu Rembeck: »Nehmen wir mal an, die Organisation hätte Ihnen gesagt, Sie sollten die Finger davon lassen. Wäre Ihnen in diesem Fall der Verdacht gekommen, daß am Ende Ihre eigenen Bosse Rita auf dem Gewissen hatten?«

»Selbstverständlich nicht«, antwortete er. »Schließlich hätte die Sache doch viel einfacher geregelt werden können. Wenn die Organisation der Ansicht war, daß Rita Castle Sand im Getriebe bedeutete, dann hätte man sich zunächst einmal an mich gewandt.«

Ich sah Kerrigan fragend an. »Hat er da recht?« Kerrigan nickte. »Na gut.« Ich setzte mich wieder zurück. Die Sache war damit für mich erledigt.

In Easton begann es zu nieseln, und wenig später kam eine wahre Sintflut vom Himmel. Das Unwetter wurde immer schlimmer, und obwohl es erst halb zwei Uhr nachmittags war, mußten die meisten Autos die Scheinwerfer einschalten. Ohne seine Lichtreklame hätten wir das *Mid Road Motel* nicht gefunden. Dominic Brono fuhr so dicht wie möglich vor den Haupteingang. Ich sagte: »Warten Sie alle hier. Bin bald zurück.«

»Ich komme mit«, erklärte Kerrigan.

»Nein, diesmal nicht.«

Ich stieg aus und rannte mit eingezogenem Kopf durch den Regen. Als ich mich durch die Tür drückte, lief mir das Wasser schon aus den Haaren. MacNeill war allein im Büro. Er saß auf einem hohen Hocker hinter dem Tresen und starrte aus dem Fenster in den Regen. Als ich vor ihm stand, blinzelte er und fand sich nur mühsam in die Wirklichkeit zurück. »Guten Tag, Sir. Ein Zimmer? Wirklich kein Reisewetter, nicht wahr?«

»Sie erinnern sich doch an mich?« antwortete ich. »Ich war neulich wegen der Leiche hier.«

»Ach ja, natürlich. Entschuldigen Sie bitte, daß ich Sie nicht gleich erkannt habe. Ich war ein wenig verträumt. Was kann ich für Sie tun?«

»Ich möchte gern mit Ihrer Frau reden.«

Das verwirrte ihn. »Mit Betsy?«

»Wenn Sie nichts dagegen haben.«

»Aber nein, natürlich nicht. Nicht das geringste.« Er kletterte mühsam von seinem Hocker und ging zum Vorhang, der das Büro vom Wohntrakt trennte. »Entschuldigen Sie mich einen Augenblick.« Wenig später kam er mit seiner Frau zurück.

Ich sagte: »Ich würde mich gern einen Augenblick mit Betsy allein unterhalten.«

»Selbstverständlich, ganz wie Sie wollen«, sagte er so schnell, als hätte er Angst, meinen Widerwillen zu erregen. »Ganz wie Sie wollen, ganz wie Sie wollen.« Er verschwand durch den Vorhang.

Betsy stand stumm vor mir, so freundlich und einladend wie ein Panzerschrank. »Horcht er hinter dem Vorhang?« erkundigte ich mich.

»Nie im Leben.« Ihr Mund verzog sich verächtlich. »Das sollte er mal wagen. Er wird wohl in der Küche sein.«

»Weiß er von dem Geld?«

Eine Weile war nur das Trommeln des Regens auf dem Blechdach zu hören. Sie stand da, als hätte ich nichts gesagt, unbeweglich wie ein Felsblock. Sie erinnerte mich an Fotos russischer Bauersfrauen.

Schließlich beschloß sie wohl, ihre Zuflucht zu einer Lüge zu nehmen. »Ich weiß überhaupt nicht, wovon Sie reden.«

Ich sah sie scharf an. »Draußen im Wagen sitzen Mr. Rembeck und ein anderer wichtiger Mann von der Organisation. Ich habe den beiden nichts gesagt, daß Sie das Geld haben, und möchte das auch nicht gern tun, wenn es sich vermeiden läßt. Deshalb bin ich allein hereingekommen. Jetzt werden Sie mir das Geld geben, und die beiden werden nie erfahren, wie ich dazu gekommen bin.«

»Ich weiß nichts von Geld.« Ihre Stimme war tonlos. Sie glaubte selbst nicht daran, daß ich darauf reinfiel.

»Wenn Sie es mir nicht freiwillig geben, muß ich Rembeck berichten. Er wird dann seine Leute danach suchen lassen. Und wenn das Geld gefunden ist, wird Rembeck Sie bestrafen. Jetzt können Sie noch selbst wählen.«

Schweren Schritts ging sie zum Fenster und starrte trübe in

den Regen. »Wir werden das Haus hier aufgeben müssen«, sagte sie. »Wenn wir bis zum nächsten Sommer durchgehalten hätten, wäre alles okay gewesen. Aber wir schaffen den Winter nicht. Es ist aus. Wieder ein Fehlschlag.«

»Fehlschläge sind nun einmal Ihr Leben«, erklärte ich. »Versuchen Sie nicht, daran etwas zu ändern.«

Sie drehte sich um, ihre Augen glitzerten jetzt böse. »So was zu sagen, ist eine Gemeinheit.«

»Geben Sie mir das Geld, Betsy.« Wieder geschah eine Weile gar nichts. Beide hingen wir unseren Gedanken nach. Plötzlich drehte sie sich wortlos um und ging durch den Vorhang.

Zwei Minuten später kam sie mit einer schwarzen Ledertasche zurück. Sie händigte mir die Tasche aus, keiner von uns beiden sagte ein Wort. Ich ging aus der Tür und durch den Regen zurück zum Auto.

Rembeck starrte die Tasche an, als ich einstieg. »Wo, zum Teufel, haben Sie das her?«

»Gefunden.«

»Das ist nicht wahr! Von den MacNeills.«

»Nein«, beharrte ich. »Ich habe sie gefunden, das sagte ich doch.«

»Wo?«

»Das geht Sie nichts an.«

Er starrte hinüber zum Motel. »Erzählen Sie mir nichts. Die beiden haben das Geld geklaut.«

Ich wandte mich nach vorn. »Kerrigan, Sie haben gehört, was ich sagte. Die MacNeills haben das Geld nicht gestohlen. Ich möchte nicht, daß man sie in dieser Sache irgendwie belästigt.«

Er nickte. »Die beiden werden nicht belästigt«, versprach er.

»Vielleicht sind sie aber auch die Mörder«, warf Rembeck ein.

Ich schüttelte den Kopf. »Nein. Der Mörder sitzt in New York.«

Rembeck fuhr auf. »Wissen Sie, wer's ist?«

»Nein, noch nicht ganz. Aber wir fahren jetzt hin.«

»In die Stadt? Wohin da?« Rembeck war aufgeregt. »In mein Apartment?«

»Nein. Ich möchte noch einmal Frank Donner sprechen.«

Rembeck stürzte sich geradezu auf den Namen. »Also war es Frank? Wie konnte er es gewesen sein?«

»Es war nicht Frank. Frank Donner hat Rita nicht umgebracht, so viel weiß ich sicher.«

»Warum wollen Sie ihn dann sprechen?«

»Warten Sie's ab. Sie werden dabei sein, wenn ich mit ihm rede.«

Dann beugte ich mich vor. »Okay, Dominic, zurück zur Stadt.«

»Jawohl, Sir.«

Wir kämpften uns durch den Regen wie eine Motorjacht durch einen ausgewachsenen Orkan. Die Reifen zischten auf der Straße, und wir zogen eine dichte Sprühfahne hinter uns her. Der Platz zwischen Rembeck und mir füllte sich langsam. Mit Geldbündeln. Rembeck zählte den Inhalt der schwarzen Tasche, und keiner sprach.

Wir waren schon fast in Easton, ehe Rembeck fertig war. Plötzlich rief er: »Ein Tausender fehlt!«

Kerrigan drehte sich um, sah mich kurz an und sagte dann: »Laß man gut sein.«

»Verdammt noch mal«, schrie Rembeck. »Ein Tausender fehlt! Ein ganzer Tausender!«

Also würde Betsy McNeill doch noch einmal über den Winter kommen.

26

Das Unwetter verfolgte uns bis nach New York. Dadurch wurde die Fahrt sehr verlangsamt, und als wir schließlich in der Nähe von Frank Donners Wohnung hielten, war es fast vier Uhr. Um den kürzesten Weg zu nehmen, waren wir über die George-Washington-Brücke gefahren, ein ganz eigenartiges Erlebnis bei diesem Wetter. Regen und Dunst löschten die Umwelt aus, und es war, als führte ein breites Betonband direkt ins Nichts.

Nun rannten Kerrigan, Rembeck und ich mit hochgeschlagenen Jackenkragen durch die trübe Brühe zum Hauseingang. Keiner von uns hatte einen Regenmantel an, denn als wir losfuhren, war das Wetter noch einigermaßen gewesen. Jetzt standen wir triefend im Lift, und die enge Kabine roch unangenehm nach nassem Anzugstoff. Rembeck hatte den Kopf zwischen die Schultern gezogen. Er sah aus wie ein Kampfstier, der es nicht mehr abwarten kann, sich auf den Feind zu stürzen. Er witterte wohl das Ende unserer Jagd, aber das Ziel konnte auch er noch nicht sehen.

Wir hatten uns nicht telefonisch angemeldet und kamen unerwartet. Ethel Donner öffnete die Tür und verfiel sofort in die Rolle der generösen Gastgeberin. Sie half uns aus unseren durchnäßten Jacken und führte uns zuvorkommend ins Wohnzimmer. Dann verschwand sie, um Frank Donner zu holen.

Der verspürte offenbar weit weniger Lust, den Gastgeber zu spielen. Er kam in Pantoffeln angeschlurft, trug oben herum nur ein nicht gerade sauberes Unterhemd. Ausgebeulte Hosen schlotterten ihm um die Knie. In der Hand trug er einen Hammer, offensichtlich hatte er gerade irgendwo herumgebastelt. »Verdammt noch mal, Ernie, muß das sein? Schließlich ist doch heute Sonntag. Du weißt, daß ich da gern mein Privatleben habe.«

»Es ist meine Schuld«, fiel ich ein. »Ich wollte mit Ihnen reden. Und zwar über die von Ihnen verfaßte Nachricht.«

Im Raum herrschte ominöses Schweigen. Alle sahen mich an. In diesem Augenblick kam Ethel Donner herein. Sie fühlte die drohende Spannung, wollte etwas sagen, stockte und fragte dann zögernd: »Stimmt etwas nicht? Frank, was ist los?«

Als nächster sprach Rembeck – sehr langsam und vorsichtig. »Welche Nachricht, Frank? Was meint er?«

Donner schüttelte sich und stieß ein grobes Lachen aus. »Was er meint? Das ist doch wohl klar. Dieser verdammte Kerl will sein Geld auf die leichte Tour verdienen. Verstehst du das nicht? Ich bin doch sowieso nur ein Gangster, und da kommt es gar nicht darauf an, mir auch noch diese Sache in die Schuhe zu schieben.«

Kerrigan war wesentlich gelassener: »Klären Sie uns doch bitte auf, Mr. Tobin. Wollen Sie etwa behaupten, daß Rita diese Nachricht gar nicht selbst geschrieben hat?«

»Genau das will ich behaupten.«

»Aber wieso denn?«

»Weil sich die ganze Sache von Anfang an falsch ausnahm. Sie stimmte hinten und vorn nicht. Halten Sie sich doch mal vor Augen, was in dem Brief stand. Von Anfang bis Ende oberflächliches Geschwafel. Ganz die Manier des dummen Häschens. Wir wissen aber jetzt, daß dieses dumme Häschen nur Schauspielerei war. Rita hatte es erfunden, für die Welt im allgemeinen und für Rembeck im besonderen. Hätte sie Rembeck wirklich verlassen und ihm noch dazu zum Abschied auf die grausame Tour eins auswischen wollen, dann wäre diese Nachricht völlig anders verfaßt worden. Der Haupterfolg meiner Nachforschungen ist, daß ich jetzt weiß, wie Rita Castle wirklich war. Donner wußte das nicht. Er sah sie nur, wie sie gesehen werden wollte; weil er sie so für echt hielt, fälschte er den Abschiedsbrief entsprechend.«

Kerrigan wollte wissen: »Was hätte sie selbst denn geschrieben?«

»Sie hätte voller Triumph ihr wahres Gesicht gezeigt. Auf eins können Sie Gift nehmen: Wenn dieser Abschiedsbrief wirklich von Rita selbst verfaßt worden wäre, dann hätte er deutlich erkennen lassen, was für ein Mensch sie wirklich war — nämlich ein hintergründiges, kompliziertes Frauenzimmer mit vielen Gesichtern. Und es hätte ihr ein grausames Vergnügen bereitet, sich Rembeck zu erkennen zu geben, nun, da es zu spät war, und ihn merken zu lassen, wie schlecht er sie doch gekannt hatte.«

»Das ist doch barer Unsinn«, rief Rembeck.

»Sei ruhig, Ernie.« Kerrigans Stimme klang energisch. Zu mir sagte er: »Ich glaube, Sie haben recht, Mr. Tobin. Das hätte eher zu ihr gepaßt. Machen Sie nur weiter.«

»In Ritas Leben«, fuhr ich fort, »gab es drei Dinge, die ihr wirklich wichtig waren: Geld, Ted Quigley und ihre Karriere als Schauspielerin. Und sie . . .«

Rembeck unterbrach mich. Er schrie: »Quigley! Dieses drekkige Künstlerschwein? Der kann ihr doch überhaupt nichts bedeutet haben. Er war seit Jahren aus ihrem Leben verschwunden.«

»Ernie, sei jetzt endlich still. Du kannst deine Argumente später anbringen«, rügte Kerrigan. »Fahren Sie fort, Mr. Tobin.«

»Daß Rita einfach durchbrannte und alles im Stich ließ, paßte von vornherein nicht ins Bild. Warum und für wen hätte sie das tun sollen? Derjenige, der noch am ehesten ihren Vorstellungen von einem ›richtigen‹ Mann entsprach, war Ted Quigley, ganz abgesehen davon, daß sie diesen Ausdruck nie gebraucht hätte. Aber kein Mann, nicht einmal Ted Quigley, hätte sie dazu bringen können, ihre finanzielle Sicherheit und vor allem ihre Karriere einfach wegzuwerfen.«

»Das hört sich logisch an«, meinte Kerrigan. »Schön, und weiter?«

»Wenn also der Abschiedsbrief gefälscht war«, fuhr ich fort, »dann sind wir auch von Anfang an in die falsche Richtung gelaufen. Was haben wir denn getan? Wir haben den Mann gesucht, mit dem Rita offenbar durchgebrannt war. Aber Rita ist überhaupt nicht durchgebrannt, und schon gar nicht mit einem Mann.«

Rembeck war drauf und dran, mich wieder zu unterbrechen. Diesmal aber voller Triumph.

Doch ich ließ mich nicht beirren. »In Wirklichkeit war alles ganz anders. Wir vermuteten hinter allem ein und dieselbe Person. Nichts dergleichen. Es waren lauter verschiedene Leute. Zunächst einmal das Geld: Niemand hatte es aus dem Hotel weggeschafft. Gesetzt den Fall, die MacNeills hätten wirklich etwas mit seinem Verschwinden zu tun gehabt, so haben sie doch ganz bestimmt nicht Rita Castle umgebracht. Vor ihrem Tod konnten sie von dem Geld kaum gewußt haben. Also gab es für sie kein Motiv, Rita umzubringen.«

»Da bin ich nicht so sicher«, meinte Kerrigan. »Sie könnten von dem Geld Wind bekommen haben. Nötig hatten sie es bestimmt.«

»Sie hatten ihr ganzes Leben lang Geld nötig«, antwortete ich. »Aber sie haben deswegen nie gemordet, und sie werden es auch nie tun.«

»Ja, ich glaube, da haben Sie recht«, sagte Kerrigan. »Aber kommen wir doch noch einmal auf den Abschiedsbrief zurück. Sie sagen, er wurde gefälscht. Ich frage: Warum wurde er gefälscht? Auf jeden Fall lebte Rita doch noch, als der Brief geschrieben wurde.«

Zum erstenmal ließ sich jetzt Donner vernehmen. Seine Stimme klang triumphierend. »Da gehen Sie aber ganz schön baden, was? Hier werden doch nichts als dumme Märchen aufgetischt!«

»Da haben Sie nicht so unrecht«, antwortete ich. »Aber der Märchenonkel sind Sie. Sie haben die ganze Sache erfunden. Und warum? Um zu verhindern, daß Rembeck sich von Ihrer Schwester scheiden ließ und Rita Castle heiratete. Deshalb wollten Sie

Rita durch den Schmutz ziehen, und zwar so gründlich, daß Rembeck sie nie wieder angesehen hätte.«

»Unsinn«, rief Donner.

»Wie stellte er's an?« fragte Kerrigan.

»Er wartete, bis Rembeck übers Wochenende verreist war, dann ging er zu Rita und tischte ihr eine frei erfundene Story auf. Ich weiß nicht, was er ihr erzählte. Wahrscheinlich, daß die Bullen hinter Rembeck her wären oder die Steuerfahndung. Auf jeden Fall sagte er, Rembeck könnte sich in New York nicht mehr sehen lassen; vielleicht müsse er auch ganz außer Landes gehen. Selbstverständlich nur vorübergehend. Also sollte Rita das Geld aus dem Versteck in ihrer Wohnung holen und nach Allentown in das Motel fahren. Rembeck würde sich dort mit ihr treffen. Soweit Donners Story. Freilich sagte er ihr auch noch, es könnte längere Zeit dauern, bis Rembeck sich sehen ließe. Vielleicht eine Woche oder mehr.«

Donner lachte laut. Er schüttelte den Kopf und sagte: »So ein Quatsch! Was hätte das alles denn bezweckt? Nach spätestens einer Woche hätte sie doch gemerkt, daß etwas nicht stimmte. Dann wäre sie zurückgekommen und hätte Ernie alles erzählt. Und Ernie hätte mich am Schlafittchen gehabt.«

Rembeck fiel ein: »Nicht, wenn du sie vorher umgebracht hättest.«

»Nein, so war's nicht geplant«, stellte ich fest. »Wenn Donner darauf aus gewesen wäre, Rita endgültig beiseite zu schaffen, dann hätte er es ohne diese Mätzchen tun können. Aber das wollte er gar nicht. Er hatte nichts anderes im Sinn, als Rita gründlich in den Schmutz zu ziehen. Und Ihnen, Rembeck, damit so einen Schlag zu versetzen, daß Sie für den Rest Ihres Lebens weder Rita Castle noch eine andere Frau außer Ihrer eigenen auch nur angesehen hätten.«

»Na schön«, sagte Kerrigan. »Und wie hätte er das zuwege gebracht?«

»Das ist auch weiter kein Problem«, erklärte ich. »Als treuer Freund Rembecks hätte er sich sofort auf die Suche nach dem angeblich durchgebrannten Mädchen gemacht. Und er hätte Rita gefunden, da er ja schließlich wußte, wo sie steckte. Dann wäre er wiedergekommen, in der einen Hand Rita, in der anderen das Geld. Und Rembeck wäre zu diesem Zeitpunkt so wütend und enttäuscht gewesen, daß Rita ihm millionenmal hätte versichern können, sie wäre nur hereingelegt worden. Er hätte sie nicht einmal angehört.«

Kerrigan, der Rembeck während meiner letzten Worte aufmerksam angesehen hatte, meinte: »Ich glaube, das hätte hingehauen. Jawohl, wahrscheinlich hätte es das. Weißt du, Ernie, du bist ganz schön jähzornig. Bestimmt hättest du einen Riesentanz vollführt und Rita überhaupt nicht zu Wort kommen lassen.«

Rembeck schnauzte: »Natürlich hätte ich sie angehört. Was denkt ihr denn? Ich hätte doch sofort gemerkt, daß da etwas nicht stimmte. Zum Teufel, glaubt ihr denn, daß man mich so einfach hereinlegen kann?«

»Frank Donner glaubte das jedenfalls«, gab ich zurück. »Und ich möchte ihm da fast beipflichten.«

»Warum soll denn ich das alles gewesen sein?« rief Donner. »Warum nicht jemand anderer? Nur, weil ich Eleanors Bruder bin?«

»Nicht nur deshalb«, sagte ich. »Sie sind schon einmal wegen Fälschung verknackt worden. Von allen Verdächtigen kamen Sie deshalb zuerst als Verfasser des Abschiedsbriefes in Frage. Außerdem hat man Sie ein- oder zweimal wegen Brandstiftung dranbekommen. Und das deutet direkt auf die Explosion in meinem Büro hin, die wir bisher noch gar nicht erwähnt haben.«

»Dann wird es Zeit, daß wir das endlich tun«, sagte Kerrigan.

»Kein Problem«, antwortete ich. »Er wollte Ritas Nachricht vernichten, diesen verhängnisvollen Abschiedsbrief. Solange es nur darum ging, Rembeck hereinzulegen, brauchte er sich um das Stück Papier weiter keine Gedanken zu machen. Aber plötzlich war der Brief zu einem wichtigen Beweisstück in einem Mordfall geworden. Und da konnte er nicht riskieren, ihn so herumliegen zu lassen. Also schlich er sich in das Büro. Aber es wäre zu riskant gewesen, den Brief einfach zu stehlen. Das hätte die Aufmerksamkeit erst recht auf das Papier gelenkt. Deshalb entschloß sich Donner, das ganze Büro in die Luft zu sprengen. Ich weiß nicht, warum er eine Dynamitfalle legen und damit einen Mord begehen mußte. Aber er tat es.«

»Hübsches Märchen«, meinte Donner ironisch. »Aber wie wär's zur Abwechslung mit ein paar Beweisen?«

»Den ersten können wir in ein paar Minuten haben«, antwortete ich. »Länger wird Rembeck nicht brauchen, um herauszufinden, wann Sie am Wochenende in Rita Castles Wohnung waren, um die gefälschte Nachricht zu hinterlassen. Der Portier muß es auf jeden Fall wissen. Wahrscheinlich haben Sie ihn sogar bestochen.«

»Das werden wir gleich haben.« Rembeck sprang auf. »Lassen Sie mich nur mal telefonieren.«

»Ist das überhaupt noch nötig, Donner?« fragte ich.

Aber er wich keinen Zoll zurück. »Ernie, eins verspreche ich dir: Wenn du auf diesen Wichtigtuer hörst, vergesse ich dir das nie. Dort steht das Telefon. Wenn du diesem Wirrkopf mehr glaubst als mir – na schön, telefoniere nur.«

Rembeck ließ sich durch diesen Appell an die alte Freundschaft nicht im geringsten aufhalten. Er ging zum Telefon, wählte und sprach kurz. Dann setzte er sich wieder an seinen Platz. »Es dauert nicht lange. Sie rufen gleich zurück.«

Jetzt meldete sich Kerrigan wieder. »Mr. Tobin, Sie haben viele Fragen beantwortet, nur die wichtigste nicht. Das Geld, der Abschiedsbrief, die Explosion in Ihrem Büro: das alles ist jetzt klar. Aber wer brachte nun eigentlich Rita um?«

»Fragen Sie doch Donner«, antwortete ich. »Nur er wußte, wo sie sich aufhielt. Ich glaube nicht, daß er seinen Plan plötzlich änderte und sie selber erschlug. Allerdings ist es möglich. Ich meine aber eher, er hat irgend jemandem ihren Aufenthaltsort verraten. Und der Betreffende ging dann hin und brachte sie um.«

Kerrigan schüttelte den Kopf. »Das schmeckt mir nicht«, meinte er gedehnt. »Warum sollte er jemandem davon erzählt haben?«

Auch Rembeck fiel ein: »Das ist doch Unsinn! Er hat sie selbst umgebracht, das Schwein. Er wußte, daß er mich nicht reinlegen konnte. Deshalb hat er sie ermordet.«

Aber ich ließ mich nicht beirren. »Wem haben Sie Ritas Aufenthaltsort verraten?«

»Mir«, sagte eine Frauenstimme hinter uns.

Noch bevor Rembeck sprach, wußte ich, wer da ins Zimmer gekommen war.

»Eleanor!« rief er heiser.

Eleanor Rembeck war eine schmale Person und auf geradezu mitleiderregende Weise ausgemergelt. Ihr schwarzes strenges Kleid wurde scheinbar nur durch den breiten Gürtel festgehalten. Es schlotterte um den zerbrechlichen Vogelkörper. Dicke graue Strähnen durchzogen das schwarze Haar.

Doch das Erschreckendste an dieser Frau waren die großen braunen Augen. Auf den ersten Blick schienen sie lebhaft und intelligent, aber bei genauerem Hinsehen zeigte sich ein dumpfer, fast lebloser Schleier in der geweiteten Iris. Es war der stumpfe Blick eines zu schnell gewachsenen Kindes, das der unerbittlichen Welt nur hilfloses Erstaunen entgegenzusetzen hatte. In den frühen Tagen meines Polizeidienstes, als ich noch Streife ging, war ich solchen Augen mehrfach begegnet. Bei Menschen, die über Wochen und Jahre hinaus normal mit ihrer Umwelt fertig geworden waren, die dann aber – schlagartig oder in einem unaufhaltsamen Verfallsprozeß – die unsichtbare Grenze überschritten hatten. Ab und zu war ich zu Hilfe gerufen worden, wenn einer dieser armen Menschen die Fahrt in die bewachte Isolation antreten mußte. Mir war bekannt, wie verschieden sie sich verhielten. Manche lagen angsterfüllt und starr unter ihrer Decke, andere warteten ruhig, äußerlich gefaßt, am Wohnzimmertisch auf die Ambulanz, die gepackten Koffer zu Füßen. Wieder andere hockten in einer dunklen Ecke und starrten aus überhellen mißtrauischen Augen in ein für sie unerträgliches Dasein.

Ich hatte diese Lösung des Falles vorausgesehen, aber da ich der Frau noch nie begegnet war, hatte die Gewißheit gefehlt. Deshalb hatte ich Frank Donner dazu bringen wollen, den Sachverhalt von sich aus aufzuklären. Mit dieser Entwicklung jedoch war nicht zu rechnen gewesen. Ich hatte Eleanor selbst aus der Reserve gelockt.

»Guten Tag, Mrs. Rembeck«, sagte ich. »Tut mir leid, daß wir uns unter diesen Umständen kennenlernen müssen.«

»Es hat lange genug gedauert«, antwortete sie. »Wir wollen nun ein Ende machen.« Sie widmete ihrem Bruder ein dünnes entschuldigendes Lächeln. »Du mußt das verstehen. Jetzt ist alles vorbei.«

Ich fragte: »Sie haben das Gespräch zwischen Frank und seiner Frau belauscht, nicht wahr?«

»Natürlich«, erwiderte sie, nicht ohne kindlichen Stolz. »Ich lausche immer. Über alles weiß ich Bescheid, nur merkt niemand etwas davon. Ich habe sogar zugehört, als Ethel Ihnen sagte, daß sie schnarcht.«

In diesem Augenblick wirkte sie völlig normal, ein rationales Wesen wie Kerrigan, Rembeck oder ich. Nur in der hohen Stimme war eine Spur ihrer Krankheit zu ahnen. Und wenn man sie genau beobachtete, merkte man, unter welch ungeheurem Druck sie stand, wieviel übermenschliche Kräfte es sie kostete, sich und ihre Nerven unter Kontrolle zu halten.

Ich wandte mich an sie. »Sie brauchen jetzt nicht darüber zu sprechen, wenn Sie nicht wollen, Mrs. Rembeck.«

Aber sie wollte. »Ernie glaubt, er kann alles vor mir verbergen. Aber das hat er noch nie geschafft. Wie oft habe ich ihn am Telefon belauscht, wenn er mit seinen billigen Weibern sprach. Ich habe auch gehört, wie er sich mit Sam Goldberg über die Scheidung unterhielt.«

»Das ist doch ganz und gar unmöglich!« schrie Rembeck.

»Bleib sitzen, Ernie«, sagte Kerrigan, und in seiner Stimme lag zum erstenmal die eiskalte und unpersönliche Macht des Verbrechersyndikats. »Bleib sitzen und halt den Mund.«

»Mrs. Rembeck«, warf ich ein, »bitte verzeihen Sie meine Aufdringlichkeit, aber ist das der Grund, weshalb Sie hierher zu Ihrem Bruder zogen? Weil Sie Wind von der Scheidungsgeschichte bekommen hatten?«

»Ja«, sagte sie, »ich konnte einfach nicht länger bei ihm bleiben.« In ihrer Stimme schwang jetzt Panik mit. »Immer die Ahnungslose spielen, so tun, als wäre ich taub und blind – ich konnte es einfach nicht mehr aushalten.«

Wieder bekam sie sich nur mühsam in Gewalt. Sie sah sich furchtsam um, wie ein gefangenes Tier, das einen Ausweg aus der Falle sucht. Aber alles, was sie sagte, war: »Bitte, ich würde mich gern setzen.«

Kerrigan und Frank Donner sprangen auf und brachten Stühle. Mit einem freundlichen Lächeln bedankte sie sich bei Kerrigan, aber sie wählte den Sessel, den ihr Bruder ihr hinschob. Vorsichtig setzte sie sich.

Frank Donner stand wie ein Racheengel über ihr. Er sah mich wütend an und rief: »Nichts von dem, was sie sagt, können Sie vor Gericht verwerten. Das wissen Sie ganz genau. Sie ist unzurechnungsfähig.«

Der Mann bot einen komischen Anblick, mit seinem schmutzigen Unterhemd, den Hammer immer noch in der rechten Hand. Gesicht und Nacken waren rot vor Wut.

Seine Schwester nahm seine freie Hand und hielt sie zärtlich fest. »Bitte, Frank, laß mich nur reden. Es ist besser so.«

Plötzlich hatte ich genug von der ganzen Sache. Am Ende aller Lügen, aller falschen Spuren, aller Brutalität und allen Blutvergießens stand nichts anderes als eine einsame verzweifelte Frau. Im Verlauf meiner Untersuchungen war ich auf Gangster gestoßen, auf Diebe, Erpresser und Berufskiller. Und zur Strecke bringen mußte ich ausgerechnet dieses mitleiderregende Wesen, das mit dem ganzen Syndikat nicht das geringste zu tun hatte.

»Nein, es reicht«, sagte ich. »Ich habe genug gehört, Mrs. Rembeck. Wenn Sie wollen, können Sie Ihre Geschichte der Polizei erzählen. Aber nur, wenn Sie wollen. Ich habe damit nichts mehr zu tun.«

Ich drehte mich zu Rembeck um und zeigte auf seine Frau. »Da ist sie. Ich sollte sie finden, und ich habe sie gefunden. Jetzt sind Sie dran. Tun Sie mit ihr, was Sie für richtig halten.«

Einen Augenblick war ich versucht, ihm noch mehr zu sagen, die ganze Wahrheit über Rita Castle auszupacken. Ich wollte ihm einiges von dem berichten, was ich von Ted Quigley erfahren hatte, aber ich ließ es. Rembeck starrte seine Frau mit glasigen Augen an. Er sah sie wohl zum erstenmal, wie sie wirklich war. Es wäre zu brutal gewesen, ihn jetzt auch noch mit der Wahrheit über die andere Frau zu konfrontieren, die in seinem Leben eine Rolle gespielt hatte.

Ich ging hinüber zum Telefon, nahm den Hörer und begann zu wählen. »Was machen Sie da? Wen rufen Sie an?« schrie Donner.

»Die Polizei«, antwortete ich, ohne mich umzudrehen.

»Sie können Eleanor nichts anhaben«, schrie er. »Sie ist überhaupt nicht zurechnungsfähig. Die ganze Sache hat sie sich nur in ihrem kranken Hirn ausgedacht.«

»Ich rufe nicht wegen Eleanor an«, gab ich zurück, »sondern Ihretwegen, Donner. Haben Sie den Mord an Mickey Hansel vergessen? Den haben Sie auf dem Gewissen. Und Sie sind zurechnungsfähig. Diese Geschichte wird an Ihnen hängenbleiben, dafür sorge ich.«

Der Damm brach. Donner hatte plötzlich den Hammer hoch über dem Kopf; mit einem Schrei stürzte er sich auf mich.

Ich handelte instinktiv. Meine Rechte ließ den Telefonhörer fallen, fuhr an die Hüfte und schloß sich blitzschnell um den Revolvergriff. Es waren mechanische Bewegungen, so wie man sie mir vor vielen Jahren auf dem Polizeischießstand beigebracht hatte und wie ich sie im Dienst ungezählte Male hatte ausführen müssen: Waffe ziehen, Körpergewicht nach links verlagern, Ziel anvisieren.

Als Donner mich gerade erreicht hatte, jagte ich ihm zwei Kugeln in den Kopf.

27

Die nächsten beiden Tage waren Fragen, nichts als Fragen. Immer wieder mußte ich meine Aussagen wiederholen, sie wurden auf Band genommen und von Stenografen mitgeschrieben. Ungezählte Male.

Die anderen wurden ebenfalls verhört: Rembeck, seine Frau und Mrs. Donner. Nur Kerrigan kam unbehelligt davon. Verständlicherweise hatte er darum gebeten, von der Bildfläche verschwinden zu können, ehe ich die Polizei rief. Ich hatte nichts dagegen eingewandt.

Rembeck – er mußte in dieser Sache nicht vor Gericht erscheinen – verweigerte jede Aussage. Aber die beiden Frauen waren nur zu bereit, alle Einzelheiten preiszugeben. Wie sich herausstellte, hatte ich in bezug auf Donners Motive und Methoden völlig recht gehabt. Ich hatte richtig erkannt, warum er Rita Castle veranlaßt hatte, sich mit Rembecks Geld in Pennsylvania zu verkriechen. Mrs. Rembeck hatte ein Gespräch zwischen Donner und seiner Frau belauscht und dabei erfahren, wo Rita Castle saß. Sie hatte sie aufgesucht, aber – darauf bestand sie – nicht in der Absicht, das Mädchen umzubringen. Sie wollte nur mit Rita reden und hoffte, ihr das Versprechen entlocken zu können, daß sie sich in Zukunft von Rembeck fernhielt. Mrs.

Rembeck hatte einen Revolver ihres Bruders mitgenommen, mit dem sie Rita einschüchtern wollte. Der Revolver war nicht geladen. Aber Rita Castle ließ sich keine Angst einjagen, und durch einen Versprecher von Mrs. Rembeck erfuhr sie schließlich, was Donner gegen sie eingefädelt hatte. Danach hatte sich Rita Castle offensichtlich an Rembecks Frau rächen wollen. Sie wurde höhnisch und grausam. Zuletzt ließ sie den Morgenmantel fallen und paradierte nackt vor Eleanor Rembeck auf und ab.

»Um mir den Unterschied zwischen uns beiden klarzumachen.« Das war der Augenblick, in dem Mrs. Rembeck die Nerven verlor. Sie schlug die Nebenbuhlerin mit dem Revolverknauf nieder. Ihre ganze verzweifelte Kraft, die über Jahre angestauten und unterdrückten Gefühle, das alles lag in diesem einzigen tödlichen Schlag. Später, auf dem Rückweg nach New York, hatte sie den Revolver und Rita Castles Zimmerschlüssel von einer Brücke in den Delaware geworfen.

In einem Punkt widersprachen sich die beiden Frauen: Mrs. Rembeck bestand darauf, daß niemand von ihrer Tat erfahren hatte. Ethel Donner dagegen behauptete ebenso unerschütterlich, es die ganze Zeit gewußt zu haben. Ob Frank Donner selbst die Wahrheit gewußt oder sie nur geahnt hatte, war nicht mehr festzustellen.

Den Mord an Mickey Hansel hatte Donner nach den Aussagen seiner Frau nicht geplant. Donner hatte von Kerrigan Einzelheiten über mein Büro erfahren und auch gehört, daß ich einen großen Hang zum Einordnen von Akten hatte. Deshalb nahm er an, er könnte Ritas Abschiedsbrief in einem meiner Aktenordner finden. Um vier Uhr morgens hatte er sich am Nachtwächter vorbeigeschlichen und dann Anstalten gemacht, ein Feuer zu legen, das nicht nur alle Akten und Papiere, sondern das ganze Büro und seine Einrichtung vernichten sollte. Als er mit den Vorbereitungen beschäftigt war, bekam er unerwarteten Besuch: Mickey Hansel schlich sich ins Büro. Donner nahm ihn am Kragen, und Hansel gestand, er wollte die Schreibmaschine versetzen, um Geld für Whisky zu bekommen. Hansel gab auch preis, daß er am nächsten Morgen um neun im Büro erscheinen sollte. Ich käme später, berichtete er. Donner konnte es nicht riskieren, Hansel am Leben zu lassen, denn Hansel hätte mir natürlich über Donners Besuch im Büro berichtet. Deshalb erwürgte Donner ihn, und noch in der Nacht legte er im Aktenschrank eine Zeitbombe. Da er nun wußte, daß Mickey Hansel um neun ins Büro kommen sollte, wählte er neun Uhr fünf als Zeitpunkt für die Explosion. Und als das Büro in die Luft flog, nahmen wir alle an, Mickey Hansel hätte sich um fünf Minuten verspätet und wäre bei seinem Eintreten in eine Dynamitfalle gestolpert.

Ethel Donners Aussagen erhielten in diesem Punkt eine indirekte Bestätigung durch den Fahrstuhlführer des Bürogebäudes. Er konnte sich nämlich nicht daran erinnern, Mickey Hansel an jenem Sonntagmorgen heraufgefahren zu haben. Was mich betraf, so schien es eine Weile, als steckte ich in größten Schwierigkeiten. Zwar bezweifelte niemand, daß ich Frank Donner in Notwehr erschossen hatte, aber daß ich das mit einer Waffe ohne Waffenschein getan hatte, stieß der Behörde äußerst unangenehm auf. Es gab auch Ärger, weil ich Donner und Mrs. Rembeck sofort mit meinem Untersuchungsergebnis konfrontiert hatte, statt zuerst die Polizei zu informieren. Aber schließlich kam ich doch mit ein paar ernsten Ermahnungen davon. Man kann letzten Endes auch der Polizei einen gesunden Pragmatismus nicht absprechen. Man erkannte an, daß ich den Job erledigt und von innen heraus einen Fall gelöst hatte, an dem sich offizielle Stellen von außen die Zähne ausgebissen hätten. Und Erfolg ist immer noch die beste Entschuldigung. Das soll nicht heißen, daß auch nur einer auf den Gedanken gekommen wäre, mich wieder in Amt und Würden einzusetzen. In der Centre Street galt ich immer noch als übles Subjekt, und das höchste der Gefühle war, daß sie die Augen zudrückten und mir ein paar Verstöße nachsahen.

Während sie mich durch die Mühle drehten, hielt mir einer die Stange: mein alter Freund Marty Kengelberg. Er half mir, wo er nur konnte, legte an hoher und höchster Stelle gute Worte für mich ein, verteidigte meine Handlungsweise und munterte mich zwischen den Verhören auf. Es war äußerst undankbar von mir, daß ich trotzdem seine Bemerkungen nicht vergessen konnte, die er an jenem Tag in meiner Wohnung gemacht hatte. Aber ich konnte mir einfach nicht helfen, seine Worte saßen mir zu tief unter der Haut. Ich hoffe jedenfalls, daß ich mir nichts anmerken ließ. Das hätte Marty nicht verdient gehabt.

Am Mittwoch war alles vorüber. Kate und Bill waren schon Sonntag aus Patchogue zurückgekommen. Aber unser Haushalt lief erst wieder normal, als ich nicht mehr nach Manhattan zu den Verhören fahren mußte.

Der Regen hatte bis Montag abend gedauert, aber dann war das Wetter besser geworden. Mittwoch morgen schien die Sonne. Zum erstenmal seit Tagen konnte ich mich wieder meiner Mauer widmen. Ich schaufelte den Graben weiter und legte behutsam die Betonfundamente aus. Diese Arbeit nahm mich so gefangen, daß ich nicht mehr die geringsten Gedanken an die Sache mit Rita Castle verwandte.

Neun Tage später, es war ein Freitag, kam Kate zu mir in den Hof gelaufen. Sie brachte einen Umschlag, der gerade mit der Post gekommen war. Ich riß ihn auf und fand zwei Schecks von der Überland-Projekt GmbH. Der über fünftausend Dollar trug den Vermerk »für Dienstleistungen«. Der zweite Scheck lautete auf dreihundert Dollar. Der Zahlungszweck war mit »diverse Unkosten« angegeben.

»Na schön«, meinte ich, »das bringt uns eine ganze Weile über die Runden. Ich zeichne die Schecks ab, wenn ich nachher zum Essen reinkomme.«

Kate sah mich an. »Mitch, hat sich denn gar nichts geändert?«

»Was sollte sich geändert haben?«

Sie zuckte die Schultern. »Also, dann – Lunch in einer Stunde.«

Sie verschwand im Haus, und ich machte mich wieder an meine Mauer.

Nachwort

Definiert man Ethik als »allgemeingültige Normen und Maximen der Lebensführung, die sich aus der Verantwortung gegenüber anderen herleiten« und versucht man dieses moralische Postulat im Kriminalroman zu verwirklichen, dann ist das Ergebnis niederschmetternd. – Ehrliche Polizisten, aufrechte Privatdetektive und verantwortungsvolle Bürger legen dem hinterhältigen, verschlagenen Kriminellen das Handwerk. Das Gute besiegt das Böse! Wie gehabt!

Donald E(dwin) Westlake, 1933 in New York City geboren, ist es vor allem zu verdanken, wenn sich die Kriminalliteratur heute der Erkenntnis nicht mehr verschließen kann, daß sich Verbrechen sehr wohl doch lohnen kann. Westlake, dessen Romane auch unter den Pseudonymen Curt Clark, Tucker Coe, Timothy J. Culver und Richard Stark erschienen, wirbelte die geordnete Krimi-Welt Anfang der sechziger Jahre gründlich durcheinander, als mit Dortmunder, Parker, Kelp und Grofield die ersten professionellen Verbrecher in der amerikanischen Literaturszene erschienen, die nicht den ›einen großen Coup‹ planten, sondern sich durch eine Vielzahl kleiner Straftaten über Wasser hielten. Die Probleme eines Berufskriminellen, so zeigte es sich bei Westlake, sind gar nicht so verschieden von denen eines Selbständigen im bürgerlichen Beruf, bzw. – wo es sich um eine Organisation wie die Mafia handelt – von den Problemen eines Konzerns. In den oberen Etagen der ›Verbrechensfirmen‹ gibt es Kompetenzgerangel. Banküberfälle müssen genehmigt werden, Marketingprobleme werden erörtert: »Sollen wir ins Rauschgiftgeschäft einsteigen oder ist die Organisation eines Callgirl-Rings lukrativer?« Und ähnlich schwer, wie es der Gemüsehändler an der nächsten Ecke hat, sich gegen einen Supermarkt durchzusetzen, genauso mühselig ist es für den kleinen Gangster, sich gegen die Übermacht des organisierten Verbrechens zu behaupten.

Westlakes Helden sind allesamt Schlitzohren, die mit demselben Überdruß ihrem kriminellen Gewerbe nachgehen, wie der Haus- oder Wohnungsnachbar seinem Job in der City. Sie haben Probleme mit der Finanzierung eines Lieferwagens, den sie zum Abtransport geklauter Ware vom Kennedy-Flughafen brauchen (in: A New York Dance, 1979); sie haben Probleme mit der übermächtigen Mafia-Konkurrenz (in: The Fugitive Pigeon, 1965). Der Gedanke, daß solche sozialen Außenseiter sich nur mit einer gehörigen Portion (oft unfreiwilligen) Humors über Wasser (und am Leben) halten können, sorgt für manch außerordentlich witzige Szene. – Und hier hatte Donald E. Westlake gleich das zweite »Fettnäpfchen« seines Gewerbes zielstrebig angesteuert: Kriminalromane haben nicht lustig zu sein! Das Verbrechen ist eine zu ernste Sache! Vorurteile, wohin man schaut – und auch die Bundesprüfstelle für jugendgefährdende Schriften tat sich wohl etwas schwer mit der Figur eines Parker, der seinen Lebensunterhalt aus dem ›Einkommen‹ der verschiedensten ›Einbruch-Jobs‹ bestreitet.

Seriengestalten und Seriengeschichten bergen immer die Gefahr in sich, daß entweder Schriftsteller oder Publikum ihrer überdrüssig werden. Westlake hat es in diesem Falle glänzend verstanden, seine Serien mit neuen Charakteren, deren Vorstellung er sich mit besonderer Sorgfalt annimmt, ›anzureichern‹. Unter dem Pseudonym Richard Stark schrieb er die Parker-Stories und besetzte schließlich mit Grofield, einem Wanderschauspieler, der sich das Kapital für das eigene Theater ›ergaunern‹ muß, die Hauptrolle entschlossen um. – Unter dem Pseudonym Tucker Coe entstanden Ende der sechziger Jahre fünf Romane um Mitch Tobin, den ehemaligen Cop der New York Police Force, der sich, nachdem man seinen Partner erschoß als er gerade mit einer Frau (nicht der eigenen) im Bett lag, mit den allerschlimmsten Selbstvorwürfen herumzuschlagen hat. Mit Tobin, einer wahren ›psychischen Ruine‹, ist Westlake wohl die eindrucksvollste Charakterisierung gelungen. Ein Negativheld, der in einem langwierigen Prozeß – über fünf Bücher hinweg – erkennen muß, daß ein einzelner – auch mit dem besten Willen – nicht die Schuld der ganzen Welt tragen kann. Seine psychische Genesung beginnt, als er im Laufe verschiedener (Detektiv)-Aufträge merkt, daß in der heutigen Gesellschaft ein normales und in seinen Augen ›richtiges‹ Verhalten eher die Ausnahme als die Norm darstellt. Als mit »Don't Lie to Me« (1972), unter dem Titel »Sag die Wahrheit, Kollege« im Ullstein Verlag erschienen, die Figur des Expolizisten endgültig ausgereizt war, wandte Westlake sich erneut einem Gebiet zu, auf dem er es in den Jahren zuvor zu einer einzigartigen Meisterschaft gebracht hatte:

Geschichten, die sich haarscharf am Abgrund der Absurdität bewegen.

In »Kahawa«, 1981 geschrieben, vertauscht er seinen normalen Handlungsort, New York, mit einem Flecken im tiefsten Afrika. 1977, ein Jahr nachdem die Israelis die Geiseln von Entebbe befreit hatten, war die Lage für die Bevölkerung Ugandas aussichtslos. Der »Präsident auf Lebenszeit«, Idi Amin Dada, betrachtete den zentralafrikanischen Staat als Eigentum. Die Wirtschaft des Landes, einstmals eines der reichsten Gebiete Afrikas, war durch Vertreibung und Enteignung des asiatischen Bevölkerungsteils vier Jahre zuvor ruiniert. Da trifft es sich gut, daß Brasiliens Kaffeeindustrie, einer katastrophalen Mißernte wegen, ihren Lieferverpflichtungen nicht mehr nachkommen kann. Verzweifelt suchen die Herren der Internationalen Kaffeekommission nach Lieferanten, die in der Lage sind, die offenen Kontrakte zu übernehmen. Uganda hat Schwierigkeiten, seinen Verbindlichkeiten im internationalen Zahlungsverkehr nachzukommen, und hier könnte Kaffee das Mittel der Wahl sein. Idi Amin erkennt seine Chance. Nicht nur, daß er damit die Möglichkeit hätte, den Boykott, den seine Schreckensherrschaft dem Land einbrachte, zu brechen – auch für die Privatschatulle bliebe die beachtliche Summe von 6 Millionen Dollar. – Doch wie immer bei Westlake ist der Diktator nicht der einzige, der sich für ›Kahawa‹, den Kaffee, interessiert. Da sind noch die Asiaten, eine Gruppe ausgebuffter Söldner und, schließlich, die geldhungrige Verwaltung des Nachbarstaates Kenia. Alle wittern den schnellen Dollar.

Donald E. Westlake erweist sich erneut als ein Meister der pfiffigen Dialoge und des anspruchsvollen Plots. – Jedes seiner Bücher fasziniert auf eine ganz besondere Art – und es wäre wünschenswert, daß auch die Romane ihren Weg in deutsche Buchhandlungen finden, die bisher nur auf dem amerikanischen Markt erhältlich sind. Die nun anlaufende Neuauflage der Mitch-Tobin-Romane ist der erste Schritt.

Frieder Middelhauve

Ed McBain

Mordgespenster

Krimi mit dem
87. Polizeirevier

Ullstein Buch 10115

Der berühmte Schriftsteller Gregory Craig liegt tot in seinem Schlafzimmer. Die Hände sind ihm mit einem Drahtbügel hinter dem Rücken gefesselt, und sein Körper weist neunzehn Stichwunden auf. Schmuck im Wert von 84 000 Dollar ist verschwunden. Ein klarer Fall von Raubmord.

»Gregs Mörder war kein Einbrecher«, sagt Hillary, die Freundin des Toten. »Es war ein Gespenst!«

Die Beamten des 87. Polizeireviers halten das Mädchen für verrückt. Doch bald zweifeln sie an ihrem eigenen Verstand. Denn das Gespenst mordet weiter . . .

»In ›Mordgespenster‹ ist der meisterhafte Ed McBain in Spitzenform.«
THE PAPERBACK BUYER

ein Ullstein Krimi

Richard Hoyt

Denson

Ullstein Buch 10347

ein Ullstein Krimi

Das Mädchen stört.
John Denson, ehemals FBI, ehemals Pressemann, wollte sich nur ein paar Tage lang beim Angeln vom anstrengenden Leben eines Privatdetektivs erholen. Kein Sex, kein Crime.
Doch Denson hat die Rechnung ohne das Mädchen gemacht, das kieloben mitten im schönsten Fischwasser treibt. Tot wie ein zu lange benützter Köderwurm. Natürlich kann Denson der Versuchung nicht widerstehen und macht sich auf die Jagd nach dem Mörder. Prompt gerät er in ein Mordkomplott von buchstäblich shakespearehaftem Ausmaß . . .

Richard Hoyt, eines der größten Talente des modernen amerikanischen Kriminalromans, legt hier seinen dritten Denson-Roman vor.

Loren D. Estleman

Die Straßen von Detroit

Ullstein Buch 10338

ein Ullstein Krimi

Wenn der moderne Kriminalroman in den USA – und bald wohl auch hierzulande – derzeit eine Blüte erreicht hat wie seit den goldnen dreißiger und vierziger Jahren nicht mehr, so ist das unter anderem auch das Verdienst junger Autoren wie Loren D. Estleman. Mit seinen Romanen um den Detroiter Privatdetektiv Amos Walker erhebt er nachdrücklich Anspruch auf das Erbe Hammetts und Chandlers.

»Seine messerscharfe Prosa entspricht dem hohen Tempo der Handlung«
Washington Post

Donald Carter

Case

Ullstein Buch 10344

Sie sind mit dem Umsatz Ihrer Firma nicht zufrieden? Ihre Mitarbeiter zeigen zu wenig Leistung? Ihre Vertreter arbeiten nebenbei für die Konkurrenz?
Ganz klar, sie brauchen einen Mann wie Case. Natürlich sind seine Methoden ungewöhnlich, aber er bringt auch den müdesten Laden wieder auf Vordermann.
Der Aufwand? Kein Problem, Case ist das Vielfache dessen wert, was Sie ihm für seine schmutzige Arbeit bezahlen müssen. Und um die Provision kümmert er sich ganz alleine.
Aber hüten Sie sich, Case mit seinen eigenen Waffen schlagen zu wollen. Denn so ungewöhnlich wie die Methoden sind auch seine Morde.

ein Ullstein Krimi